蜂の羽音が
チューリップの花に消える
微風の中にひっそりと
客を迎えた赤い部屋

太郎を眠らせ、太郎の屋根に雪ふりつむ。
次郎を眠らせ、次郎の屋根に雪ふりつむ。

三好達治
（1952年1月撮影）

三好達治詩集

ハルキ文庫

角川春樹事務所

三好達治詩集

目次

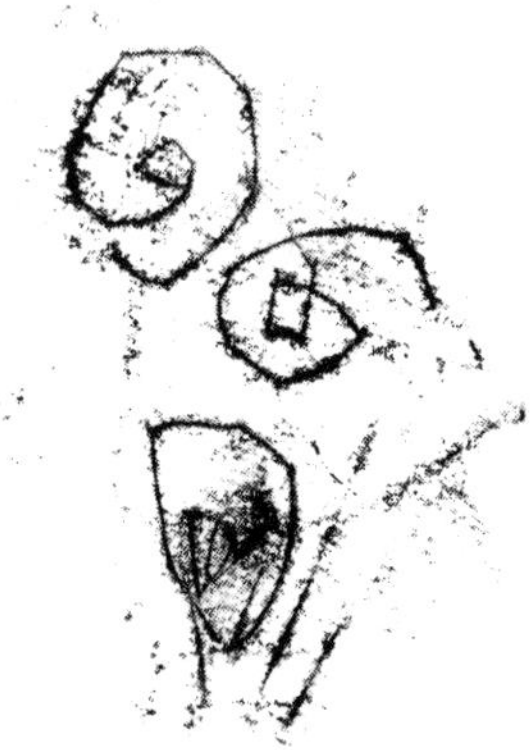

花筐

故郷の花

砂の砦

駱駝の瘤にまたがって拾遺

百たびののち

「百たびののち」以後

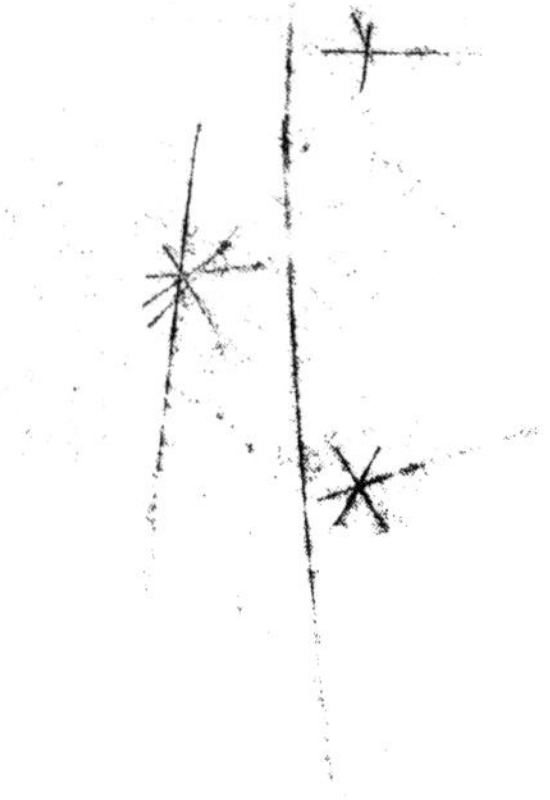

*カバー、本文イラスト　浜崎仁精

測量船

春の岬

春の岬旅のおわりの鷗《かもめ》どり
浮きつつ遠くなりにけるかも

乳母車

母よ——
淡くかなしきもののふるなり
紫陽花《あじさい》いろのもののふるなり
はてしなき並樹《なみき》のかげを
そうそうと風のふくなり

時はたそがれ
母よ　私の乳母車《うばぐるま》を押せ
泣きぬれる夕陽にむかって
轔々《りんりん》と私の乳母車を押せ

赤い総《ふさ》ある天鵞絨《びろうど》の帽子を
つめたき額《ひたい》にかむらせよ
旅いそぐ鳥の列にも
季節は空を渡るなり

淡くかなしきもののふる
紫陽花いろのもののふる道
母よ　私は知っている
この道は遠く遠くはてしない道

雪

太郎を眠らせ、太郎の屋根に雪ふりつむ。

次郎を眠らせ、次郎の屋根に雪ふりつむ。

村

鹿は角《つの》に麻縄《あさなわ》をしばられて、暗い物置小屋にいれられていた。何も見えないところで、その青い眼はすみ、きちんと風雅に坐《すわ》っていた。芋が一つころがっていた。

そとでは桜の花が散り、山の方から、ひとすじそれを自転車がしいていった。

背中を見せて、少女は藪《やぶ》を眺めていた。羽織の肩に、黒いリボンをとめて。

春

鵞鳥《がちょう》。——たくさんいっしょにいるので、自分を見失わないために啼《な》いています。

蜥蜴《とかげ》。——どの石の上にのぼってみても、まだ私の腹は冷《つ》めたい。

夜

柝《たく》の音は街の胸壁に沿って夜どおし規則ただしく響いていた。それは幾回となく人人の睡眠の周囲を廻《め》ぐり、遠い地平に夜明けを呼びながら、ますます冴えて鳴り、さまざまの方向に谺《こだま》をかえしていた。

その夜、年若い邏卒《らそつ》は草の間に落ちて眠っている一つの青い星を拾った。それはひいやりと手のひらに滲み、あたりを蛍光に染めて闇の中に彼の姿を浮ばせた。あやしんで彼が空を仰いだとき、とある星座の鍵がひとところ青い蕾《ボタン》を喪《うしな》ってほのかに白く霞《かす》んでいた。そこで彼はいそいで睡《ねむ》っている星を深い麻酔から呼びさまし、蛍を放すときのような軽い指さきの力でそれを空へと還《かえ》してやった。星は眩《まば》ゆい光を放ち、初めは大きく揺れながら、やがては一直線に、束の間の夢のようにもとの座に帰ってしまった。

やがて百年が経ち、まもなく千年が経つだろう。そしてこの、この上もない正しい行いのあとに、しかし二度とは地上に下りてはこないだろうあの星へまで、彼は、悔恨にも似た一条の水脈のようなものを、あとかたもない虚空の中に永く見まもっていた。

草の上

★

野原に出て坐《すわ》っていると、
私はあなたを待っている。
それはそうではないのだが、

たしかな約束でもしたように、
私はあなたを待っている。
それはそうではないのだが、

野原に出て坐っていると、
私はあなたを待っている。
そうして日影は移るのだが——

★

かなかなはどこで啼《な》いている？
林の中で、霧の中で

ダリアは私の腰に
向日葵《ひまわり》は肩の上に

お寺で鐘が鳴る。
乞食が通る。

かなかなはどこで啼いている？
あちらの方で、こちらの方で。

★

池のほとりの黄昏《たそがれ》は
手ぶくろ白きひと時なり

草を藉《し》き
静かにもまた坐るべし

古き言葉をさぐれども
遠き心は知りがたし
我が身を惜しと思うべく
人をかなしと言う勿《なか》れ

★

鵞鳥《がちょう》は小径《こみち》を走る。
彼女の影も小径を走る。
鵞鳥は芝生を走る。
彼女の影も芝生を走る。
白い鵞鳥と彼女の影と
走る走る――――走る
ああ、鵞鳥は水に身を投げる！

燕

「あそこの電線にあれ燕《つばめ》がドレミハソラシドよ」

――毎日こんなにいいお天気だけれど、もうそろそろ私たちの出発も近づいた。午後の風は胸に冷《つ》めたいし、この頃の日ぐれの早さは、まるで空の遠くから切ない網を撒《ま》かれるようだ。夕暮の林から蜩《ひぐらし》が、あの鋭い唱歌でかなかなかなかなと歌うのを聞いていると、私は自分の居る場所が解らなくなってなぜか泪《なみだ》が湧いてくる。

――それは毎年誰かの言いだすことだ。風もなかったのに、私は昨夜柿の実の落ちる音を聞いた。あんなに大きく見えた入道雲も、もうこの頃では日に日に小さくなって、ちょっと山の上から覗《のぞ》いたかと思うと、すぐまたどこかへ急いで消えてしまう。

――私は昨夜稲妻を見ましたわ。稲妻を見たことがある？　あれが風や野原をしらぬ間にこんなにつめたくするのでしょう。これもそのとき見たのだけれど、夜でも空にはやはり雲があるのね。

――あんなちっちゃな卵だったのに、お前も大変もの知りになりましたね。

——さあみんな夜は早くから夢を見ないで深くお眠り、そして朝の楽しい心で、一日勇気を喪《うしな》わずに風を切って遊び廻《まわ》ろう。帰るのにまた旅は長いのだから。

——帰るというのかしら、去年頃から、私はどうも解らなくなってしまった。幾度も海を渡っているうちに、どちらの国で私が生れたのか、記憶がなくなってしまったから。

——どうか今年の海は、不意に空模様が変って荒れたりなどしなければいいが。

——海ってどんなに大きいの、でも川の方が長いでしょう？

——もし海の上で疲れてしまったらどうすればいいのかしら。海は水ばかりなんでしょう。そして空と同じように、どこにも休むところがないのでしょう、横や前から強い風が吹いてきても。

——疲れてみんなからだんだん後に遅れて、ひとりぼっちになってしまったらどんなに悲しく淋しいだろうな。

——いや、心配しなくていいのだ。何も心配するには当らない。海をまだ知らないものは訳もなくそれを飛び越えてしまうのだ。その海がほんとに大きく思えるのは、それはまだお前たちではない。海の上でひとりぼっちになるのは、それはお前たちではないだろう……。けれども何も心配するには当らない。私たちは毎日こんなに楽しく暮しているのに、私たちの過《あやま》ちからでなく起ってくることが、何でそんなに悲しいものか。今までも自然がそうすることは、そうなってみれば、いつも予《あらかじ》め怖れた心配とは随分様子の違ったものだった。ああ、たとえ海の上でひとりぼっちになるにしても……。

Enfance finie

海の遠くに島が……、雨に椿《つばき》の花が堕《お》ちた。鳥籠《とりかご》に春が、春が鳥のいない鳥籠に。

約束はみんな壊れたね。

海には雲が、ね、雲には地球が、映っているね。

空には階段があるね。

今日記憶の旗が落ちて、大きな川のように、私は人と訣《わか》れよう。床《ゆか》に私の足跡が、足跡に微かな塵《ちり》が……、ああ哀れな私よ。

僕は、さあ僕よ、僕は遠い旅に出ようね。

アヴェ・マリア

鏡に映る、この新しい夏帽子。林に蟬が啼《な》いている。私は椅子に腰を下ろす。私の靴は新しい。海が私を待っている。

私は汽車に乗るだろう、夜が来たら。
私は山を越えるだろう、夜が明けたら。

私は何を見るだろう。
そして私は、何を思うだろう。
ほんとに私は、どこへ行くのだろう。

窓に咲いたダーリア。窓から入って来る蝶。私の眺めている雲、高い雲。

雲は風に送られ
私は季節に送られ、

私は犬を呼ぶ。私は口笛を吹いて、樹影に睡《ねむ》っている犬を呼ぶ。私は犬の手を握る。ジャッキーよ、ブブルよ。——まあこんなに、蟬はどこにも啼いている。

私は急いで十字を切る、
落葉の積った胸の、小径《こみち》の奥に。

アヴェ・マリア、マリアさま、

夜が来たら私は汽車に乗るのです、
私はどこへ行くのでしょう。

私のハンカチは新しい。
それに私の涙はもう古い。

——もう一度会う日はないか。
——もう一度会う日はないだろう。

そして旅に出れば、知らない人ばかりを見、知らない海の音を聞くだろう。そしてもう誰にも会わないだろう。

郷愁

蝶のような私の郷愁!……。蝶はいくつか籬《まがき》を越え、午後の街角《まちかど》に海を見る……。私は壁に海を聴く……。私は本を閉じる。私は壁に凭《もた》れる。隣りの部屋で二時が打つ。「海、遠い海よ! と私は紙にしたためる。——海よ、僕らの使う文字では、お前の中に母がいる。そして母よ、仏蘭西《フランス》人の言葉では、あなたの中に海がある。」

測量船拾遺

玻璃盤の胎児

生れないのに死んでしまった
玻璃盤《はりばん》の胎児は
酒精《アルコール》 のとばりの中に
昼もなお昏々《こんこん》と睡《ねむ》る

昼もなお昏々と睡る
やるせない胎児の睡眠は
酒精の銀《しろがね》の夢に
どんよりと曇る亜剌比亜《アラビア》数字の3だ

生れないのに死んでしまった

胎児よお前の瞑想は
今日もなお玻璃を破らず
青白い花の形に咲いている

祖母

祖母は蛍をかきあつめて
桃の実のように合せた掌《て》の中から
沢山な蛍をくれるのだ

祖母は月光をかきあつめて
桃の実のように合せた掌の中から
沢山な月光をくれるのだ

私の猫

わたしの猫はずいぶんと齢《とし》をとっているのだ
毛なみもよごれて日暮れの窓枠の上に
うつつなく消えゆく日影を惜んでいるのだ
蛤《はまぐり》のような顔に糸をひいて
二つの眼がいつも眠っているのだ
わたしの猫はずいぶんと齢をとっているのだ
眠っている二つの眼から銀のような涙をながし
日が暮れて寒さのために眼がさめると
暗くなったあたりの風景に驚いて
自分の涙をみるくとまちがえて舐《な》めてしまうのだ
わたしの猫はずいぶんと齢をとっているのだ

昨日はどこにもありません

昨日はどこにもありません
あちらの箪笥《たんす》の抽出《ひきだ》しにも
こちらの机の抽出しにも
昨日はどこにもありません

それは昨日の写真でしょうか
そこにあなたの立っている
そこにあなたの笑っている
それは昨日の写真でしょうか

いいえ昨日はありません
今日を打つのは今日の時計
昨日の時計はありません
今日を打つのは今日の時計

昨日はどこにもありません
昨日の部屋はありません
それは今日の窓掛けです
それは今日のスリッパです

今日悲しいのは今日のこと
昨日のことではありません
昨日はどこにもありません
今日悲しいのは今日のこと

いいえ悲しくありません
何で悲しいものでしょう
昨日はどこにもありません
何が悲しいものですか

昨日はどこにもありません

そこにあなたの立っていた
そこにあなたの笑っていた
昨日はどこにもありません

犬

草原は海に傾き
海のはて太陽渡る
荒涼たる夕《ゆうべ》にありて
慇懃《いんぎん》にもつかれかなしむ
黒き二匹の犬——
鋭き鼻を空にあげ

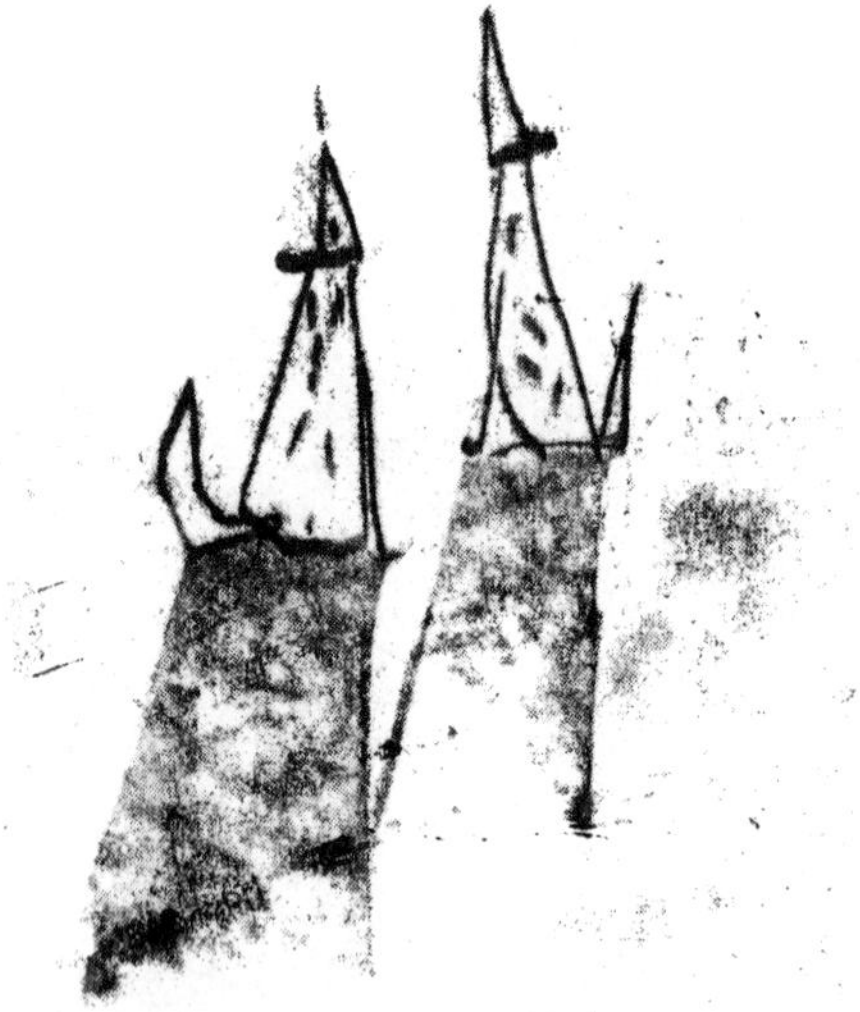

金の泪《なみだ》をしたたらす

囁《ささや》き

岬

鵜《う》――オモシロクナイナア……。
谺《こだま》――……シロクナイナア……。

川

鶺鴒《せきれい》――川の石のみんなまるいのは、私の尾でたたいたためです。
河鹿《かじか》――いいえ、私が遠くからころがしてきたためです。
石――俺は昔からまるかったんだ。

池

鯉《こい》――いくたびか鮒《ふな》たむろする今朝の秋
鮒――二三枚うろこ落して鯉の秋

噺《はなし》

駱駝《らくだ》――俺はそんなちっちゃな孔《あな》をとおらなけや天国へゆけないのかなあ。
針――いいのよ、私がとおったと云ってあげるわ。

南窗集《なんそう》

静夜

柱時計のチクタク　ああ時間の燕《つばめ》らが
山を越える　海を越える　何という静けさだろう
森の中で　梟《ふくろう》が鼓《つづみ》をうつ　やっとこの日頃
私は夜に対し得た　壁を眺め　手を眺め

蟋蟀

新聞紙に音をたてて　葡萄《ぶどう》のような腹の　蟋蟀《こおろぎ》が一匹とびだした
明日はクリスマス　この独りの夜を　「愕《おど》かすじゃないか
魔法使いじゃあるまいね　そんなに向う見ずに　私の膝にとび乗って」
「ごめんなさい　何しろ寒くって……」

信号

小舎《こや》の水車　藪《やぶ》かげに一株の椿《つばき》
新らしい轍《わだち》に蝶が下りる　それは向きをかへながら
静かな翼の抑揚に　私の歩みを押しとどめる
「踏切りよ　ここは……」私は立ちどまる

ブブル

ブブル　お前は愚かな犬　尻尾をよごして
ブブル　けれどもお前の眼
それは二つの湖水のやうだ　私の膝に顔を置いて
ブブル　お前と私と　風を聴く

友を喪《うしな》う　四章

首途

真夜中に　格納庫を出た飛行船は
ひとしきり咳《せき》をして　薔薇《ばら》の花ほど血を吐いて
梶井君　君はそのまま昇天した
友よ　ああ暫《しば》らくのお別れだ……　おっつけ僕から訪ねよう!

展墓

梶井君　今僕のこうして窓から眺めている　病院の庭に
山羊《やぎ》の親仔《おやこ》が鳴いている　新緑の梢《こずえ》を雲が飛びすぎる
その樹立《こだち》の向うに　籠《かご》の雲雀《ひばり》が歌っている
僕は考える　ここを退院したなら　君の墓に詣《まい》ろうと

路上

巻いた楽譜を手にもって　君は丘から降りてきた　歌いながら
村から僕は帰ってきた　洋杖《ステッキ》を振りながら
……ある雲は夕焼のして春の畠《はたけ》
それはそのまま　思い出のようなひと時を　遠くに富士が見えていた

服喪

啼《な》きながら鴉《からす》がすぎる　いま春の日の真昼どき
僕の心は喪服を着て　窓に凭《もた》れる　友よ
友よ　空に消えた鴉の声　木《こ》の間《ま》を歩む少女らの
日向《ひなた》に光る黒髪の　悲しや　美しや　あわれ命あるこのひと時を　僕は見る

旅人

ひとたび経て　再びは来ない野中の道
踏切り越えて　菜の畑　麦の畑
丘の上の小学校で　鐘が鳴る
鳩が飛びたつ

土

蟻《あり》が
蝶の羽をひいて行く
ああ
ヨットのようだ

閒庭　二章

黒蟻《くろあり》

疾風が砂を動かす
行路難行路難　蟻は立ちどまり
蟻は草の根にしがみつく　疾風が蟻をころがす
転がりながら　走りながら　蟻よ　君らが鉄亜鈴《てつあれい》に見えてくる

夕焼

風のふくあたりに忘れられた　草の葉と砂を盛った小さな食器　ああ
この庭の　ここに坐《すわ》って
家庭の遊戯をして遊んだ　それらの手　ちりぢりに帰ってしまった手を思えば
それらの髪　それらの着物の匂いもきこえるよう

病床

灰白い雲の壁に　小鳥の群れが沈んでゆく　ああ遠い
新緑の梢《こずえ》が揺れ　私の窓のカーテンが揺れる
所在ないひと時　紙芝居の太鼓も聞える
電球に私の病床が映っている

裾野

その生涯をもて　小鳥らは
一つの歌をうたい暮す　単調に　美しく
疑う勿《なか》れ　黙《もだ》す勿れ
ひと日とて　与えられたこの命を——

閒花《かんか》集

揚げ雲雀

雲雀《ひばり》の井戸は天にある……あれあれ
あんなに雲雀はいそいそと　水を汲《く》みに舞い上る
杳《はる》かに澄んだ青空の　あちらこちらに
おきき　井戸の枢《くるる》がなっている

チューリップ

蜂の羽音が
チューリップの花に消える
微風の中にひっそりと
客を迎えた赤い部屋

百舌

槻《つき》の梢《こずえ》に　ひとつ時黙っていた　分別顔な春の百舌《もず》
曇り空を高だかと　やがて斜めに川を越えた
紺屋《こうや》の前の榛《はん》の木へ……　ああその
今の私に欲しいのは　小鳥の愛らしい　一つの決心

朝

電柱の頭に　雀が啼《な》いている
つぶらに実った茄子《なすび》畠《ばたけ》　土蔵の壁に
朝日がさして　そのまぶしさにしゃがんでいれば
旅にある身が夢のよう　たち上るのも惜しくなる

晩夏

二枚の羽を一枚に合して
草の葉に憩《いこ》う　小さな蝶
君の名は蜆《しじみ》蝶　蜆に似ているから
わが庭の踊子　ゆく夏の裾模様

蟬

蟬は鳴く　神さまが竜頭《ねじ》をお捲《ま》きになっただけ
蟬は忙しいのだ　夏が行ってしまわないうちに　ぜんまいがすっかりほどけるように
蟬が鳴いている　私はそれを聞きながら　つぎつぎに昔のことを思い出す

それもおおかたは悲しいこと　ああ　これではいけない

空山

休みなく歌いながら　せっかちに枯木の幹をノックする　啄木鳥《きつつき》
お前を見ている私の眼から　あやうく涙が落ちそうだ
なぜだろう　なぜだろう　何も理由はないようだ
風の声　水の音

一つの風景

ここに私は憩《いこ》い　ここに私はたち上る
行こう　行かねばならぬ
それは林である　それは朝である
赭土《あかつち》の路《みち》が　山の麓《ふもと》を繞《めぐ》っている

訪問者

春はいま　蜜蜂の訪問時間　彼らは代る代る
私の窻《まど》に入ってくる　そうして一つ一つ　私の持物を点検する
外套《がいとう》　帽子　辞書　麵麭《パン》　梨　肉叉《フォーク》……
そうして訣《わか》れの挨拶に　私の耳を窺《のぞ》きにくる

山果集

仔羊

海の青さに耳をたて　囲いの柵《さく》を跳び越える　仔羊《こひつじ》
砂丘の上に馳《か》けのぼり　己れの影にとび上る　仔羊よ
私の歌は　今朝生れたばかりの仔羊
潮の薫りに眼を瞬き　飛び去る雲の後を追う

目白

蝶が一匹　新らしい窓の障子に　半日跪《ひざま》ずき
祈禱《きとう》のさまをしていたが　已《すで》に　仆《たお》れた
そうしてここに　今日囚《とら》われた　目じろの眼
冬　冬である　柱時計を捲《ま》く音も

白薔薇

秋刀魚《さんま》ほす
冬の日の
野菜畑の
白薔薇《はくそうび》

古帽子

帽子よ　年ごろの孤独の伴侶《とも》　憐れな私の古帽子
私の憂いの表情を　いつとはなしに分たれた
お前もまた　私の心の影法師　そを手にとって　頭に戴き
落葉松《からまつ》の林を来れば　その鍔《つば》に　この日また　春の雪つむ

水声

通りすがりに　私は見た
人影もない谿《たに》そこの　流れのふちに
砥石《といし》が一つ
使ったばかりに　濡れているのを

旅人

旅人よ旅人よ　路《みち》をいそげと
海辺をくれば　浪《なみ》の音
野末をゆけば　蟬の声
山路となれば　啄木《けら》の歌

白桔梗

空しいひと日　しかし楽しいひと日
楽しいひと日　しかし空しいひと日
牛乳車はからからと　礫《いし》ころ道を下りてゆく
村の酒屋の　酒倉の　日《ひ》蔭《かげ》に揺れる　白桔梗

雪

十一月の夜をこめて　雪はふる　雪はふる
黄色なランプの灯の洩れる　私の窓《まど》にたずね寄る　雪の子供ら
小さな手が玻璃戸《はりど》を敲《たた》く　玻璃戸を敲く　敲く　そうしてそこに
息絶える　私は聴く　彼らの歌の　静謐《せいひつ》　静謐　静謐

兎

抜足差足　忍び寄った野兎は　蓆囲《むしろがこ》いの隙間から　野菜畑に跳びこんだ

とたんに係蹄《わな》に引《ひっ》かかる　南無三《なむさん》　とんぼがえりを二つ三つ
力まかせに空を蹴る　月を蹴る　月は　山の端《は》に入《は》いる
やがて兎は　寝てしまう　白菜たちが眼を醒《さま》す

檸檬忌《れもんき》

友よ　友よ　四年も君に会わずにいる……
そうしてやっと　君がこの世を去ったのだとこの頃私は納得した
もはや私は　悲しみもなく　愕《おどろ》きもなく（それが少しもの足りない）
君の手紙を読みかえす　——昔のレコードをかけてみる

春の計画

粉雪の中で　四十雀《しじゅうから》が啼《な》いている　春が真近にせまってきた
谿間《たにま》で風が鳴っている　楢《なら》山毛欅《ぶな》櫟《くぬぎ》　それらの枯葉が　雪の上を走っている
山山よ　裸の木木よ　楽しい冬も　間もなく冬も終るだろう
懐かしい私の友垣　風よ　雲よ　山山よ　私達の友情の　さて　春の計画《プラン》を考えよう

艸千里
くさせんり

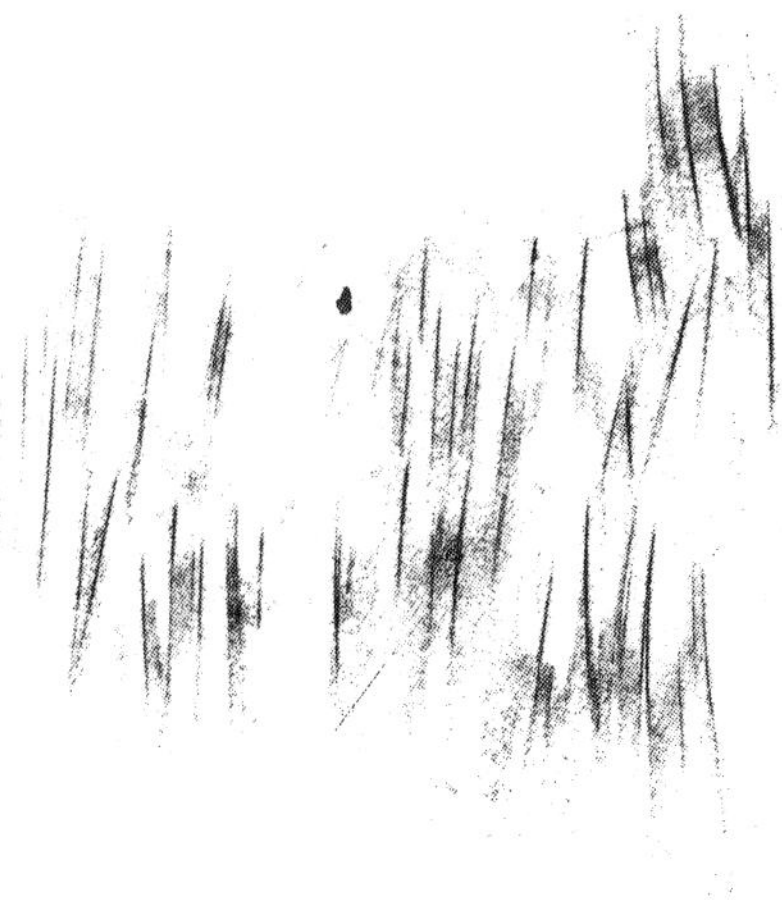

枕上口占《ちんじょうこうせん》

もとおのれがさえのつたなければぞ、集ならんとする夜半……

私の詩《うた》は
一つの着手であればいい

私の家は
毀《こわ》れやすい家でいい

ひと日ひと日に失われる
ああこの旅の　つれづれの

私の詩は
三日の間もてばいい

昨日と今日と明日と
ただその片見であればいい

涙

とある朝《あした》　一つの花の花心から
昨夜《ゆうべ》の雨がこぼれるほど

小さきもの
小さきものよ

お前の眼から　お前の睫《まつげ》毛の間から
この朝《あした》　お前の小さな悲しみから

父の手に
こぼれて落ちる

今この父の手の上に　しばしの間温かい
ああこれは　これは何か

それは父の手を濡らし
それは父の心を濡らす

それは遠い国からの
それは遠い海からの

それはこのあわれな父の　その父の
そのまた父の　まぼろしの故郷《ふるさと》からの

鳥の歌と　花の匂いと　青空と
はるかにつづいた山川との

——風のたより
なつかしい季節のたより
この朝《あした》　この父の手に
新らしくとどいた消息

あられふりける　一

ゆくすえをなににまかせて
かかるひのひとひをたえん
いのちさえおしからなくに
うらやまのはやしにいれば

もののはにあられふりける
はらはらとあられふりける

あられふりける　二

ここにしてあおぎたまいし
まつがえにまつめとびかい
ここにしていこいたまいし
かれくさはかれしままなる
あきはやくくれにけるかな
ふゆのひはとおくちいさく

うらやまのはざまのこみち
はらはらとあられふりける
　あられふりける

桐の花

夢よりもふとはかなげに
桐《きり》の花枝をはなれて
ゆるやかに舞いつつ落ちぬ
二つ三つ四つ
幸《さち》あるは風に吹かれて
おん肩にさやりて落ちぬ
色も香もとうとき花の

ねたましやその桐の花
昼ふかき土の上より
おん手の上にひろわれぬ

汝の薪をはこべ

春逝《ゆ》き
夏去り
今は秋　その秋の

はやく半ばを過ぎたるかな
耳かたむけよ
耳かたむけよ
近づくものの声はあり

窓に帳帷《とばり》はとざすとも
訪《おと》なう客の声はあり
落葉の上を歩みくる冬の跫音《あしおと》

薪《まき》をはこべ
ああ汝
汝の薪をはこべ

今は秋　その秋の
一日《ひとひ》去りまた一日去る林にいたり
賢くも汝の薪をとりいれよ

ああ汝　汝の薪をとりいれよ
冬ちかし　かなた
遠き地平を見はるかせ
いまはや冬の日はまぢかに逼《せま》れり

やがて雪ふらん
汝の国に雪ふらん
きびしき冬の日のためには
炉《ろ》をきれ　竈《かまど》をきずけ
孤独なる　孤独なる　汝の住居《すまい》を用意せよ

薪をはこべ
ああ汝
汝の薪をはこべ

日はなおしばし野の末に
ものの花さくいまは秋
その秋の林にいたり
汝の薪をとりいれよ
ああ汝　汝の冬の用意をせよ

おんたまを故山に迎う

ふたつなき祖国のためと
ふたつなき命のみかは
妻も子もうからもすてて
いでまししかの兵《つわ》ものは　つゆほども
かえる日をたのみたまわでありけらし
はるばると海山こえて
げに
還《かえ》る日もなくいでましし
かのつわものは

この日あきのかぜ蕭々《しょうしょう》と黝《くろ》みふく
ふるさとの海べのまちに
おんたまのかえりたまうを
よるふけてむかえまつると

ともしびの黄なるたずさえ
まちびとら　しぐれふる闇のさなかに
まつほどし　潮騒《しおさい》のこえとおどおに
雲はやく
月もまたひとすじにとびさるかたゆ　瑟々《しっしっ》と楽の音《ね》きこゆ

旅びとのたびのひと日を
ゆくりなく
われもまたひとにまじらい
うばたまのいま夜のうち
楽の音はたえなんとして
しぬびかにうたいつぎつつ
すずろかにちかづくものの
荘厳のきわみのまえに
こころたえ
つつしみて
うなじうなだれ

国のしずめと今はなきひともうないの
遠き日はこの樹のかげに　鬨《とき》つくり
讐《あだ》うつといさみたまいて
いくさあそびもしたまいけん
おい松が根に
つらつらとものをこそおもえ

月また雲のたえまを駆け
さとおつる影のはだらに
ひるがえるしろきおん旌《はた》
われらがうたの　ほめうたのいざなくもがな
ひとひらのものいわぬぬの
いみじくも　ふるさとの夜かぜにおどる
うえなきまいのてぶりかな

かえらじといでましし日の

ちかいもせめもはたされて
なにをかあます
のこりなく身はなげうちて
おん骨はかえりたまいぬ

ふたつなき祖国のためと
ふたつなき命のみかは
妻も子もうからもすてて
いでまししかのつわものの
しるしばかりの　おん骨はかえりたまいぬ

※編註：うない＝小児、小さい子
はだら＝まだら、まばら

一点鐘《いってんしょう》

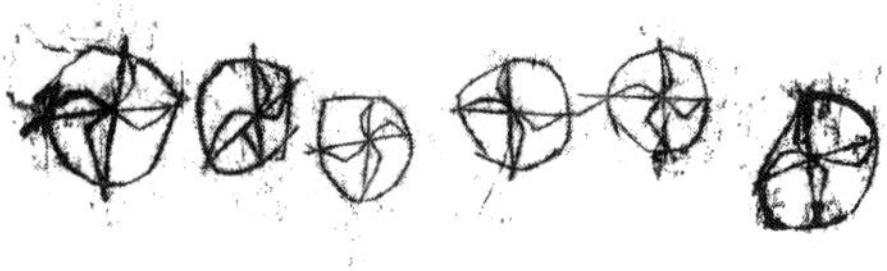

一点鐘二点鐘

静かだった
静かな夜だった
時折りにわかに風が吹いた
その風は　そのまま遠くへ吹きすぎた
一二瞬の後　いっそう静かになった
そうして夜が更《ふ》けた
そんな小さな旋《つむ》じ風も　その後谿間《たにま》を走らない……

一時が鳴った
二時が鳴った
一世紀の半ばを生きた　顔の黄ばんだ老人の　あの古い柱時計
柱時計の夜半《やはん》の歌
山の根の冬の旅籠《はたご》の

噫《ああ》あの一点鐘
二点鐘

その歌声が
私の耳に蘇生《よみがえ》る
そのもの憂げな歌声が
私を呼ぶ
私を招く

庭の日影に莚《むしろ》を敷いて
妻は子供と遊んでいる
風車《ふうしや》のまわる風車小屋
——玩具《おもちや》の粉屋の窓口から
砂の麵麭粉《パンこ》がこぼれ出る
麵麭粉の砂の一匙《ひとさじ》を
粉屋の屋根に落しこむ

くるくるまわれ風車《かざぐるま》……
くるくるまわれ風車……

卓上の百合《ゆり》の花心《かしん》は
しっとり汗にぬれている
私はそれをのぞきこむ
そうして私は　私の耳のそら耳に
過ぎ去った遠い季節の
静かな夜を聴いている
聴いている
噫あの一点鐘
二点鐘

海

貝殻

昨夜《よべ》ひと夜
やさしくあまい死の歌を
うたっていた海

しかしてここに残されし
今朝の沙上《さじょう》の
これら貝殻

既に鷗は

既に鷗《かもめ》は遠くどこかへ飛び去った
昨日の私の詩《うた》のように
翼あるものはさいわいな……

あとには海がのこされた
今日の私の心のように
何かぶつくさ呟《つぶや》いている……

この浦に

この浦にわれなくば
誰かきかん
この夕《ゆうべ》この海のこえ

この浦にわれなくば
誰かみん
この朝《あした》この艸《くさ》のかげ

鷗どり

ああかの烈風のふきすさぶ
砂丘の空にとぶ鷗《かもめ》
沖べをわたる船もないさみしい浦の
この砂浜にとぶ鷗
（かつて私も彼らのようなものであった）

かぐろい波の起き伏しする
ああこのさみしい国のはて
季節にはやい烈風にもまれもまれて
何をもとめてとぶ鷗
（かつて私も彼らのようなものであった）

波は砂丘をゆるがして
あまたたび彼方にあがる潮煙り　その轟《とどろ》きも
やがてむなしく消えてゆく

春まだき日をなく鷗
（かつて私も彼らのようなものであった）

ああこのさみしい海をもてあそび
短い声でなく鷗
声はたちまち烈風にとられてゆけど
なおこの浦にたえだえに人の名を呼ぶ鷗どり
（かつて私も彼らのようなものであった）

夏艸

こぞの夏この川べりを
たそがれにゆけるひとあり

われはこなたの艸《くさ》にいて
ほそき流れに糸をたれ

ほどちかき海をききつつ
ゆくりなきもの思いせし

こぞの夏この川べりを
たそがれにゆけるひとあり

われはまたこの夏艸《なつくさ》に
この年もきてはすわりつ

青き流れにこぞの日の
小さき魚をつらんとす

たそがれのこの川べりに
まどかなる月はのぼれど

こぞのそのかのたそがれの
人かげはとめんすべなき

浅春偶語

『物象詩集』の著者丸山薫君はわが二十余年来の詩友なり、この日新著を贈《あた》られてこれを繙《ひもと》くに感慨はたもだす能わず、乃《すなわ》ち

友よ　われら二十年も詩《うた》を書いて
已《すで》にわれらの生涯も　こんなに年をとってしまった
友よ　詩のさかえぬ国にあって
われらながく貧しい詩を書きつづけた

孤独や失意や貧乏や　日々に消え去る空想や
ああながく　われら二十年もそれをうたった

われらは辛抱づよかった
そうしてわれらも年をとった

われらの後に　今は何が残されたか
問うをやめよ　今はまだ背後を顧みる時ではない

悲哀と歎《なげ》きで　われらは已にいっぱいだ
それは船を沈ませる　このうえ積荷を重くするな

われら妙な時代に生きて
妙な風に暮したものだ

そうしてわれらの生涯も　おいおい日暮に近づいた

友よ　われら二十年も詩を書いて
詩のなげきで年をとった　ではまた
気をつけたまえ　友よ　近ごろは酒もわるい！

閑雅な午前

ごらん　まだこの枯木のままの高い欅《けやき》の梢《こずえ》の方を
その梢の細いこまかな小枝の網目の先々にも
はやふっくらと季節のいのちは湧きあがって
まるで息をこらして静かにしている子供達の群れのように
そのまだ眼にもとまらぬ小さな木の芽の群衆は
お互に肱《ひじ》をつつきあって　言葉のない彼らの言葉で何ごとか囁《ささや》きかわしている気
配

春ははやそこの芝生に落ちかかる木洩《こも》れ陽《び》の縞目《しまめ》模様にもちらちらとして
浅い水には蘆《あし》の芽がすくすくと鋭い角《つの》をのぞかせた
ながく悲しみに沈んだ者にも　春は希望のかえってくる時
新らしい勇気や空想をもって
春はまた楽しい船出の帆布《ほぬの》を高くかかげる季節
雲雀《ひばり》や燕《つばめ》もやがて遠い国からここにかえってきて
私たちの頭上に飛びかい歌うだろう
菫《すみれ》　蒲公英《たんぽぽ》　蕨《わらび》や蕗《ふき》や筍《たけのこ》や　蝶や蜂　蛇や蜥蜴《とかげ》や青蛙《あおがえる》
やがて彼らも勢揃《せいぞろ》いして　陽炎《かげろう》の松明《たいまつ》をたいて押寄せてくる
ああその旺《さか》んな春の兆《きざ》しは四方《よも》に現れて
眼に見えぬ霞《かすみ》のように棚引《たなび》いているのどかな午前
どことも知れぬ方角の　遠い遥《はる》かな空の奥でないている鴉《からす》の声も
二つなく靉靆《あいたい》として　夢のように　真理のように
白雲を肩にまとった小山をめぐって聞えてくる
ああげに季節のこういうのどかな時　こういう閑雅《かんが》な午前にあって考える
――人生よ　ながくそこにあれ！

家庭

息子が学校へ上るので
親父は毎日詩《うた》を書いた
詩は帽子やランドセルや
教科書やクレイヨンや
小さな蝙蝠傘《こうもりがさ》になった
四月一日
桜の花の咲く町を
息子は母親につれられて
古いお城の中にある
国民学校第一年の
入学式に出かけていった
静かになった家の中で
親父は年とった女中と二人
久しぶりできくように

鶲《ひよ》どりのなくのをきいていた
海の鳴るのをきいていた

毀《こわ》れた窓

廃屋のこわれた窓から
五月の海が見えている
硝子《ガラス》のない硝子戸越しに
そいつが素的なまっ昼間《ぴるま》だ
波は一日ながれているその額縁《がくぶち》に
ポンポン船がやってくる

灰色の鷗《かもめ》もそこに集って
何かしばらく解けない謎を解いている

あとはまたなんにもない青い海だが
それがまた何とも妙に心にしみる

ぽっかり一つそんな時鯨《くじら》がそこに浮いたって
よさそうな塩梅《あんばい》風にも見えるのだ

それをぼんやり見ているとどういうものか
俺の眼にはふと故郷の街がうかんできた

古い石造建築のどうやら銀行らしいやつの
くっきりとした日かげを俺が歩いている

まだ二十《はたち》前の俺がそれから広場をまた突切ってゆくのだ
ああそれらの日ももうかえっては来なくなった……

そんな思出《おもいで》でもない思出が
随分しばらく俺の眼さきに浮んでいた
どういう仕掛けの窓だろう
何しろこいつは素的な窓だ
丘の上の
松の間の
廃屋のこわれた窓から
五月の海が見えている

灰色の鷗

——ある一つの運命について

彼らいずこより来《こ》しやを知らず
彼らまたいずこへ去るやを知らない

かの灰色の鷗《かもめ》らも
我らと異《ことな》る仲間ではない

いま五月の空はかくも青く
いま日まわりの花は高く垣根に咲きいでた

東してここに来《きた》る船あり
西して遠く去る船あり

いとけなき息子は沙上《さじょう》にはかなき城を築き

父はこなたの陽炎《かげろう》に坐《ざ》してものを思えり
漁撈《ぎょろう》の網はとおく干され
貨物列車は岬の鼻をめぐり走れり

ああ五月の空はかくも青く
はた海は空よりもさらに青くたたえたり

しかしてああ　いじらしきこれら生あるものの上に
かの海風《かいふう》は　鰯雲《いわしぐも》は高く来《きた》るかな……

しかしてああ　げにわれらの運命も
かの高きより来《きた》るかな……

されば彼ら　日もすがらかしこに彼らの円を描き
されば彼ら　日もすがら彼らの謎を美しくせんとす

彼らいずこより来《こ》しやを知らず
彼らまたいずこへ去るやを知らない

かの灰色の鷗らも
我らと異る仲間ではない

花筺<small>はながたみ</small>

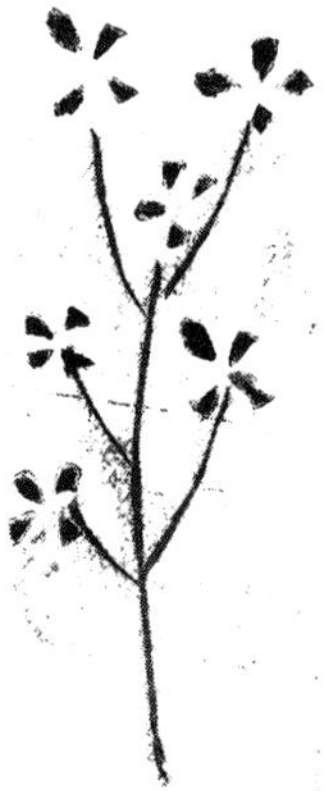

遠き山見ゆ

——序にかえて

遠き山見ゆ
遠き山見ゆ
ほのかなる霞《かすみ》のうえに
はるかにねむる遠き山
遠き山々
いま冬の日の
あたたかきわれも山路を
降りつつ見はるかすなり
かのはるかなる青き山々
いずれの国の高山《たかやま》か
麓《ふもと》は消えて
高嶺《たかね》のみ青くけむれるかの山々
彼方《かなた》に遠き山は見ゆ

彼方に遠き山は見ゆ
ああなお彼方に遠く
われはいまふとふるき日の思出《おもいで》のために
なつかしき涙あふれいでんとするににたる
心をおぼゆ　ゆえはわかたね
ああげにいわれなき旅人のきょうのこころよ
いま冬の日の
あたたかきわれも山路を
降りつつ見はるかすなり
はるかなる霞の奥に
彼方に遠き山は見ゆ
彼方に遠き山は見ゆ

かえる日もなき

かえる日もなきいにしえを
こはつゆ艸《くさ》の花のいろ
はるかなるものみな青し
海の青はた空の青

しろくすずしく

しろくすずしく誇《ほこ》りかに
雲のとびかう嶺《ね》にさくを
一輪艸《いちりんそう》と申すなり
わが老《お》いらくの日もかかれ

命つたなき

命つたなき身と思《も》えば
ゆうべの空ぞあおがるる
色香ともしき艸《くさ》の花
名を知らぬさえあわれなる

かよわい花

かよわい花です
もろげな花です
はかない花の命です
朝さく花の朝がおは

昼にはしぼんでしまいます
昼さく花の昼がおは
夕方しぼんでしまいます
夕方に咲く夕がおは
朝にはしぼんでしまいます
みんな短い命です
けれども時間を守ります
そうしてさっさと帰ります
どこかへ帰ってしまいます

人の世よりも

人の世よりもやや高き
梢《こずえ》に咲ける桐《きり》の花

そは誰人《たれびと》のうれいとや
ありとしもなき風にさえ
散りてながるる
散りてながるる
桐の花
薬の香ほどほろにがい
ほろにがい香に汗ばみて
やがては土におとろうる
あわれはふかい桐の花
ああ桐の花
なにか思いにあまる花
そはこの花のしたかげに
たたせたまいしよき人の
肩にもふれて
昼ふかき土にまろびし桐の花
その花ゆかし遠き日の
あとなき夢を手にとると

はや紫もおとろえし花をひろえば
花をひろえば
蟻《あり》ひとつ走りいでたり
時去りぬ
この花うたて
桐の花
ありとしもなきなか空の
風にながるる
風にながるる
あとなき夢のされどなお
うたてゆかしき桐の花

沖の小島の

沖の小島の流人墓地《るにんぼち》
おぐらき墓のむきむきに
ともしき花の紅《くれない》は
たれが手向《たむ》けし山つつじ

いまこの庭に

いまこの庭に
薔薇《ばら》の花一輪
くれないふかく咲かんとす
彼方《かなた》には
昨日の色のさみしき海

また此方《こなた》には
枯枝の高きにいこう冬の鳥
こはここに何を夢みる薔薇の花

いまこの庭に
薔薇の花一輪
くれないふかく咲かんとす

阿夫利の山に

阿夫利《あふり》の山によべはまた
なごりの雪やふりけらし
つむじに春のちりたちて

咲きそむる日をちるさくら

そのパレットを

そのパレットを巣立ちする
駒鳥《こまどり》目白《めじろ》瑠璃《るり》懸巣《かけす》
彼の絵筆のあざやかな
朝顔の藍石榴《あいざくろ》の朱《しゅ》

人をおもえば

人をおもえば山茶花《さざんか》の
花もとぼしく散りにけり
土にしきたるくれないの
淡きも明日は消えなんを

わが名をよびて

わが名をよびてたまわれ
いとけなき日のよび名もてわが名をよびてたまわれ
あわれいまひとたびわがいとけなき日の名をよびてたまわれ
風のふく日のとおくよりわが名をよびてたまわれ

庭のかたえに茶の花のさきのこる日の
ちらちらと雪のふる日のとおくよりわが名をよびてたまわれ
よびてたまわれ
わが名をよびてたまわれ

はつ夏の

はつ夏の空青ければ
いよいよにふかき紅《くれない》
短かる命としりて
こは艶によそうひなげし

日まわり

日まわり
日まわり
私の胸におくために
この勲章は上出来だ
私の生涯の終った日に
友よ私の胸におけ
この黄金の大輪の
さも重たげな一輪を
花の言葉に聴《き》き惚《ほ》れて
つい人の世に夢を見て
夢からさめずにゆきすぎた
仕《し》合《あわ》せな
不仕合せな
これはその男のための勲章だ

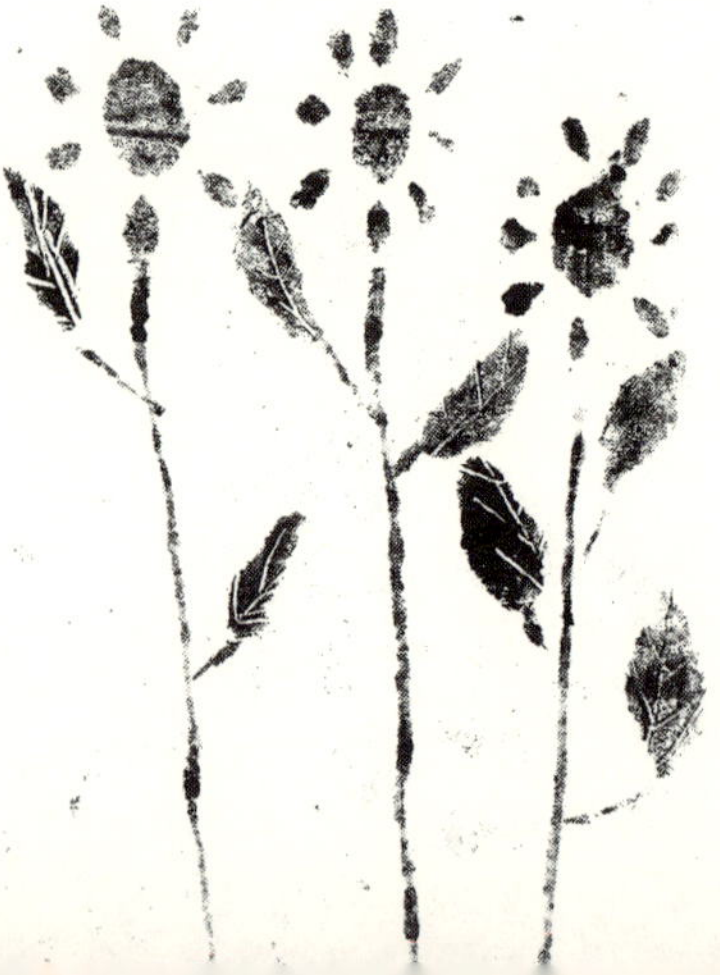

日まわり
日まわり

朝ごとに

朝ごとに花は小さく
朝ごとにいっそう高い空に咲く
秋の朝顔
ああその花の海のいろ
希望の船は遠く去った
空《むな》しい波止場《はとば》にうちよせる
浪《なみ》のこえさえきこえるようだ
もうその仲間もまれになった
垣根の朝顔

秋ふかい屋根の朝顔

願わくば

願わくばわがおくつきに
植えたまえ梨《なし》の木幾株《いくしゅ》
春はその白き花さき
秋はその甘き実みのる
下かげに眠れる人の
あわれなる命はとうな
いつよりかわれがひと世の

風流はこの木にまなぶ
それさえや人につぐべき
ことわりのなきをあざみそ
いかばかりふかきこころを
つくすともなにかたのまん
うたかたのうたはうかべる
雲なればやがてあとなし
しかはあれ時世《ときよ》をへつつ
墓の木の影をつくらば
人やがて馬をもつなぎ
旅人らここにいこわん

後《のち》の世をおもいなぐさむ
なかなかにこころはやすし
願わくばわがおくつきに
植えたまえ梨の木幾株

故郷の花

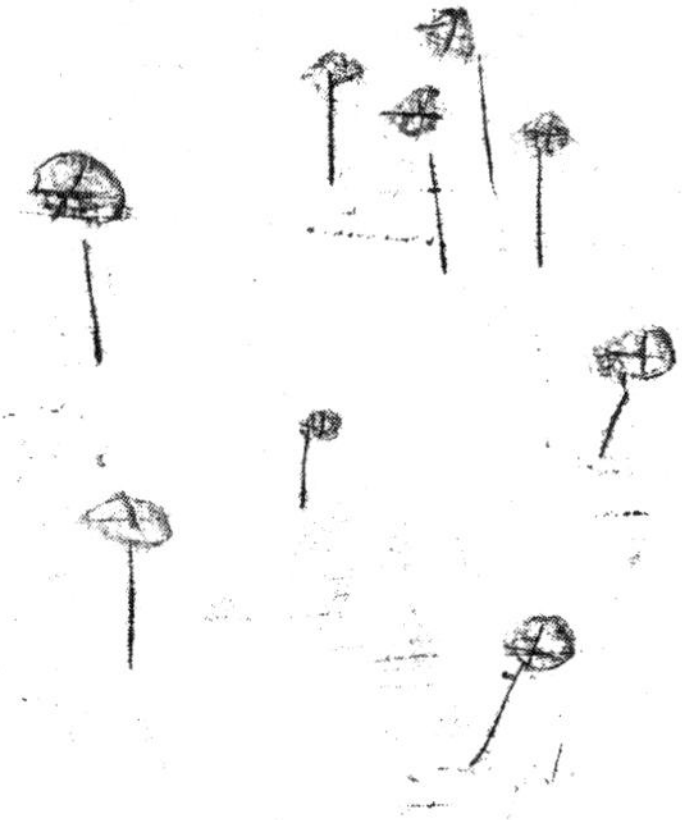

すみれぐさ

春の潮相逐《あいお》ううえにおちかかる
落日の　――いま落日の赤きさなかに
われは見つ
かよわき花のすみれぐさひとつ咲けるを
もろげなるうなじ高くかかげ
ちいさきもののもほこりかにひとり咲けるを
ここすぎて
われはいずこに帰るべきふるさともなき
落日の赤きさなかに――

ふらここ

わが庭の松のしず枝《え》に
むなしただふらここ二つ

うちかけてしばしあそびし
あまの子のすがたは見えず

たれびとの窓とや見まし
そよ風のふきかようのみ

さるすべり花ちるところ
ふらここの二つかかれり

※編註：ふらここ＝ぶらんこ

我ら戦争に敗れたあとに

我ら戦争に敗れたあとに
一千万人の赤んぼが生れた

だから海はまっ青で
空はだからまっ青だ

見たまえ血のような
ぽっちりと赤い太陽

骨甕《こつがめ》へ骨甕へ　骨甕へ
齢《とし》とった二十世紀の半分は

何も彼《か》もやり直しだと跛《びつこ》の蟀《こおろぎ》
葉の落ちつくした森の奥

まどかな丘のひとうねり
冬の畑の豆の花

歴史は何をしるしたか
雲が来てすべてをぬぐう

まっ青な空
まっ青な海

飛行機はあそこに墜《お》ち
軍艦はあそこへ沈んだ
万葉集の歌のとなりに

砲弾の唸《うな》りをきくのは
まばらに伐《き》られた林の奥に
それは何ものの影であろうか

けれどもまっ青な
空と海

我ら戦争に敗れたあとに
一千万人の赤んぼが生れた

砂の砦《とりで》

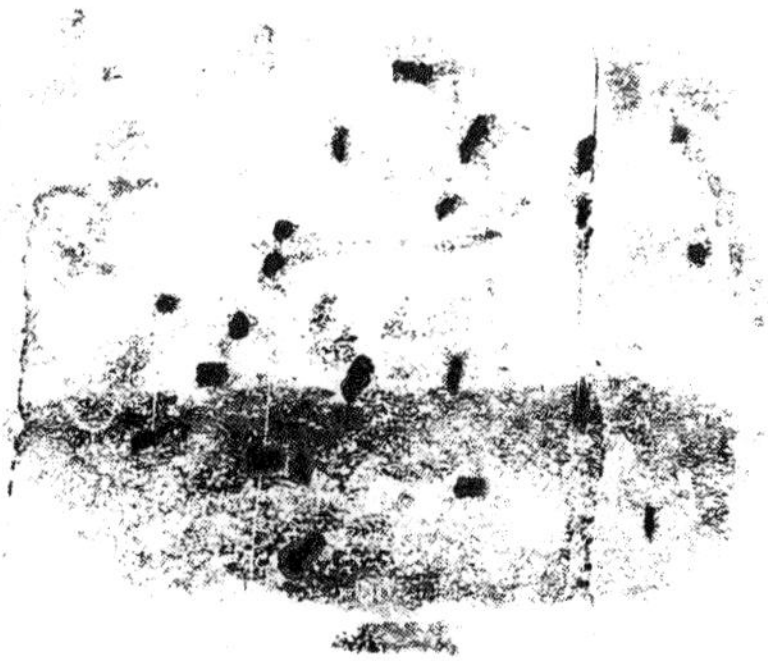

氷の季節

今は苦しい時だ
今はもっとも苦しい時だ
長い激しい戦《いく》さのあとで
四方の兵はみな敗れ
家は焼け
船は沈み
山林も田野も蕪《あ》れて
この窮乏の時を迎える
七千万のわれわれは
一人一人に無量の悲痛を懐《いだ》いている
怒りや失意や絶望や
とりかえしのつかない悲しい別離や
痛ましい孤独や貧困や
飢餓や寒さや

ありとあらゆる死の行列の渦《うず》まく中で
七千万のわれわれは
一人一人に
人の力の担《にな》い得ない悲哀の重荷を担っている
重荷はわれらの肉を破り
疲れたわれらの肩の上で
重荷はわれらの骨を摧《くだ》く
今は苦しい時だ
今はさらに苦しい時だ
長い苦しい戦さの日より
ああ今
多くの人は深い心で沈黙する
不吉な暦の冬の日ははてしがなく
小鳥のうたう歌さえなく
暗いさみしい谷底を歩みつづける
この窮乏の氷の季節を
けれどもわれらは進んでゆく

われらは進んでゆく
われらは辛抱づよく忍耐して
心を一つにして
われらは節度を守って進んでゆく
われらを救うものは
ただ一つ　智慧《ちえ》
その忠言に耳傾けながら
われらはつつましく　用心ぶかく
謙虚に未来を信頼して
明日を信ずる者の勇気を以《もっ》て
——勇気を以て
人の耐えうる最も悲壮な最も沈痛な勇気を以て
われらは進んでゆく……

涙をぬぐって働こう

丙戌《ひのえいぬ》歳首《さいしゅ》に

みんなで希望をとりもどして涙をぬぐって働こう
忘れがたい悲しみは忘れがたいままにしておこう
苦しい心は苦しいままに
けれどもその心を今日は一たび寛《くつろ》ごう
みんなで元気をとりもどして涙をぬぐって働こう

最も悪い運命の颱風《たいふう》の眼はすぎ去った
最も悪い熱病の時はすぎ去った
すべての悪い時は今日はもう彼方《かなた》に去った
楽しい春の日はなお地平に遠く
冬の日は暗い谷間をうなだれて歩みつづける
今日はまだわれらの暦は快適の季節に遠く
小鳥の歌は氷のかげに沈黙し

田野も霜《しも》にうら枯れて
空にはさびしい風の声が叫んでいる

けれどもすでに
すべての悪い時は今日はもう彼方に去った
かたい小さな草花の蕾《つぼみ》は
地面の底のくら闇からしずかに生れ出ようとする
かたくとざされた死と沈黙の氷の底から
希望は一心に働く者の呼声《よびごえ》にこたえて
それは新しい帆布《ほぬの》をかかげて
明日の水平線にあらわれる
ああその遠くからしずかに来るものを信じよう
みんなで一心につつましく心をあつめて信じよう
みんなで希望をとりもどして涙をぬぐって働こう
今年のはじめのこの苦しい日を
今年の終りのもっと良い日に置き代えよう

竹の青さ

竹の青さは身に透《とお》る
竹の青さは骨にも透る
ああ竹竹
青く煙った大竹藪《おおたけやぶ》に
鳩が一羽舞いたった
夢のように羽音もなく
青い煙にかすんで飛んだ
そのあとをまた一羽
はたはたと斜《ななめ》に空へ抜け去った
日暮れどきの竹藪は
静かな海の底のようだ
こうして私は爪先《つまさき》のぼりに
丘の小径《こみち》をのぼってゆく
この心は孤独でさみしい

この心はさみしくひとりものを思う
この心は仲間を遠くのがれて来た
この心は冬の野のこの寒い小径を遠くさがし求めて来た
――ここに一つの決意をさがし求めて来た
すがすがしい竹の林は
時にさやさやと　ひそかに　あるかなきかに
遠い　かすかな　ささやきの通り路《みち》となる
そのこえはとらえがたく
そのこえはすぐ私の肩の上を通ってゆく
それはどこかそこらあたりから
すぐにまたさざなみのようにしずかに起って
すぐ私のかたわきをさやさやと通りすぎてゆく
ああ竹竹
矗々《ちくちく》として地に生え
その心矗としてひそかに語るもののこえ
かかる人なき路の上にも
ささやかに　ささやかに　ひそかに語るもののこえ

ああ竹
竹の青さは身に透る
竹の青さは骨にも透る

郊野《こうや》の梅

逝《ゆ》くものはこえもなくゆく
ささやかな流れの岸の梅の花
野の川の川波たてば
その花のかげもみだれて
そはしばしゆらぎさざめく日暮れどき
野はやがてほの昏《ぐら》けれど
その花の
ただ一つその花の明るさ

もののあいろもさだめなく昏きあたりに
ただ一つその花のともす灯火《ともしび》
――微笑　囁《ささや》き

世の外のひそかなる希望の合図
神のおん手の器より溢《あふ》れ落つ
美の幸福よ
はたはまた
底いなき黄泉《よみ》の香気よ
かかる夕べもやすみなくゆく野の川の
青き水ただ弓一つへだてて眺む
槎枒《さが》たりや
くろがねの幹のこずえに
はつはつにその花まれに
きのうきょうにおうすがしさ　白さ　明るさ
暮れてゆく水のほとりに
ただのこる淡き灯火
風ふけば風にまかする

――微笑　囁き
世の外のひそかなる希望の合図
※編註：槎枒＝ぎざぎざと突き出たさま。

砂の砦

私のうたは砂の砦《とりで》だ
海が来て
やさしい波の一打ちでくずしてしまう
私のうたは砂の砦だ
海が来て
やさしい波の一打ちでくずしてしまう

こりずまにそれでもまた私は築く
私は築く
私のうたは砂の砦だ

無限の海にむかって築く
この砦は崩れ易《やす》い
もとより崩れ易い砦だ

青空の下
太陽の燃える下で
その上私の砦は孤独だ

援軍無用
孤立無援の
砂の砦だ

私はここで指揮官だ

私は士官で兵卒だ
砲手だ旗手《きしゅ》だ伝令だ
鷗《かもめ》が舞う
鳶《とび》が啼《な》く
私はここで戦った

私はここで戦った
無限の海
無限の波

波が来て白い腕《かいな》の
一打ちで崩してしまう
私の歌は砂の砦だ

この砦は砂の砦だ
崩れるにはやく

築くにはやい
これははかない戦場だ
波がきてさらったあとに
あとかたもない砂の砦だ
私のうたは砂の砦だ――

薪を割る音

きょう　薪《まき》を割る音をきく
彼方《かなた》　遠き野ずえのかた丘に
日もすがら薪を割る音をきく
丁東《ていとう》　東々《とうとう》

松も柏《かしわ》も摧《くだ》かるる音をきく
春は来《き》ぬ
ものなべて墓場の如き沈黙にねむりたる冬の日は去り
しずかに春はめぐりくる
きょうその音の
されどわが心には
如何《いか》にうらがなしくもひびくかな
孤独なる　孤独なる灯火《ともしび》の下《もと》に
ながくしのびてうずくまり
うつらうつらと骨に彫《え》りけん文字や何
ああその冬の日の後に
めぐり来し春の日なるを
日をひと日
彼方　遠き野ずえのかた丘に
薪を割る音をきく
日もすがら薪を割る音をきく
丁東　東々

きょうその音の
されどわが心には
如何にうらがなしくもひびくかな

空青し

すすけたる窓はあかるみ
水仙花におい放ちぬ
軒にほす海苔《のり》の香
屋根をとぶ海鳥《うみどり》のむれ
春だ春だ
昨日の嘆きを忘れよう

枯芝の陶《とん》に腰かけ
疲れたる肩を日にほし

空青し
うつらうつらと

居ながらに　さながらに
旅人のこころに夢む

鳴け 田螺

鳴け　田螺《たにし》
歌え　ひき蛙《がえる》

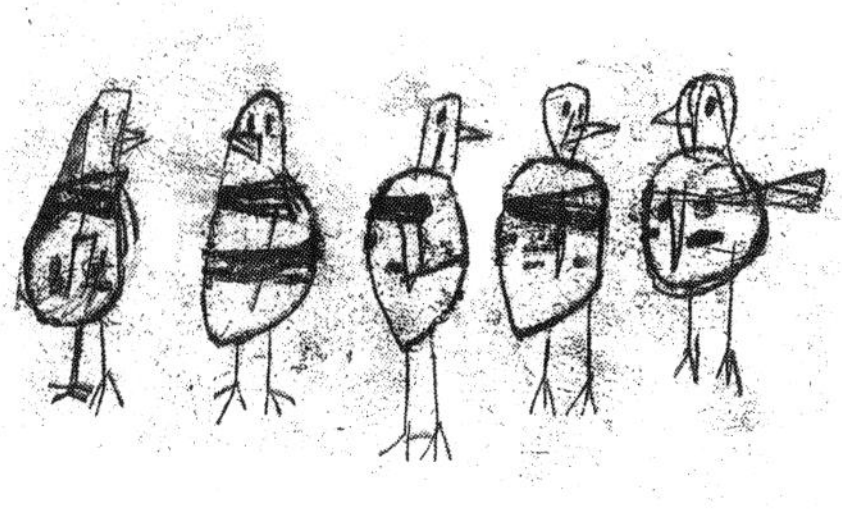

さくらの花のちる闇で
石も夢みる春の夜だ

鳴け　田螺
歌え　ひき蛙
ジュピターさまの手の中でまた一つ
星のうまれる春の夜だ

この庵の主《あるじ》にならえ
拙《せっ》を用いてはばかるな
鳴け　田螺
歌え　ひき蛙

鳴け　田螺
歌え　ひき蛙
曲もない歌のあわれで
海も凪《な》ぎ月も沈むよ

沖の島

沖の島
沖の沖の島
そのかず八九　十二三
みなかげ青し
遠きはいよよほのかなる
かしこにも人住むと見よ
沖の島
沖の沖の島
その名を知らず
三角小島
海鼠《なまこ》島
けんけらけら島
団子島
沖の沖の小島

かしこにも人住むと見よ
きょうの春日を豆の花
薄紫に咲くならし
白き小猫やねむるらん
赤きポストもふりたらん
沖の島
沖の沖の島
日も暮れて
われはなおその島かげを思うかな
げにかしこにも住む人の
あわれをおのがものとして

鷗《かもめ》

ついに自由は彼らのものだ
彼ら空で恋をして
雲を彼らの臥床《ふしど》とする
ついに自由は彼らのものだ

ついに自由は彼らのものだ
太陽を東の壁にかけ
海が夜明けの食堂だ
ついに自由は彼らのものだ

ついに自由は彼らのものだ
太陽を西の窓にかけ
海が日暮れの舞踏室だ
ついに自由は彼らのものだ

ついに自由は彼らのものだ
彼ら自身が彼らの故郷

彼ら自身が彼らの墳墓
ついに自由は彼らのものだ

ついに自由は彼らのものだ
一つの星をすみかとし
一つの言葉でことたりる
ついに自由は彼らのものだ

ついに自由は彼らのものだ
朝やけを朝の歌とし
夕やけを夕べの歌とす
ついに自由は彼らのものだ

日光月光集

秋庭飛花　一

みどりの海を窓の外《と》に
瑠璃《るり》ひよどりを屋根の上《へ》に
こぞの嘆きを古椅子に
三つのかたみは三つながら
ふりゆく秋の軒の端《は》を
飛びくる花は膝の上《へ》に

秋庭飛花　二

わが庭の
秋のあわれは
ふとありて
風にながるる
くれないの
花をとらえし
あきつかな

北の国では

北の国ではもう秋だ
あかのまんまの　つゆくさの　鴉揚羽《からすあげは》の八月は
秋は夏のおわりです
ゆくえも知らぬ人のかず

かつて砂上にありし影
それらもやがて日が暮れて
鴉のように飛びさった
去年の墓に隣して
一つの夏はまた一つ
憂いの墓をたてました
何というさみしい書割《かきわ》りだ
海は毎日まっ青で
白帆《しらほ》を天の末におく
砂の舞台へこれはまた
ロシナンテに鞍《くら》おいて
ふらりふらりと影のよう
ハムレットさまがお出ましだ
さてもさても人の世は
何から何まででたらめで
さかしまごとの砂の山
砂の谷には紫の　もろげな　ゆかしい

ほんににげない五弁の花が咲きました
「馬鹿の花」だよ
河童《かっぱ》どもがとえばそう
にべもなくこたえるきょうこの頃
ああ何かしら
心のすみから一つ一つ
忘れともないものがまた
忘れられてもゆくような
八月は私の生れ月
あかのまんまの　つゆくさの　鴉揚羽の八月は
北の国ではもう秋だ

月くらし

今は昔

たんぽぽの黄
つゆくさの藍《あい》
あかのまんまのしおらしいつぶつぶの赤
みないとけなくへりくだり

今は昔のひとみもて
わが袖のへにうたうかな
わが生の日はかかる日に
日かげみじかくしじまれど

越の浜べにまたありてめぐりもあいし
艸《くさ》の花こそゆかしけれ

蟷螂《かまきり》

かまきり
かまきり
メイド・イン・ネエチュアランド
なんとお前はまっ青だ
お前のまっ青な肩の上で
なんと世界は軽かろう
そのうえ小首をかたむけて
何が思案に値しよう
きょう日《び》はやりのローマ字論者に
ひょっとお前も肩をもつ気か
前進前進
夏は短い

まっ青なその二つの鎌《かま》で
風を斬れ
夢を斬れ
御託《ごたく》を斬れ
愚かな一切の過去をたち斬れ
かまきり！

駱駝《らくだ》の瘤《こぶ》にまたがって

閒人《かんじん》断章

秋風に

われはうたう
越路《こしじ》のはての艸《くさ》の戸に
またこの秋の虫のこえ
波の音
落日
かくてわれ
秋風に
ただ一つ

わが身の影を
うながすよ

春という

春という
春という
誰がいう
月出でて
日も昏《く》れぬ
月出でて
雲はだら
されど今宵《こよい》は春の夜の　すずしの幕の
幔幕《まんまく》がしっとりたれて

けりけりと
けりけりと水のほとりに鳴く蛙《かわず》
ああ遠蛙《とおかわず》
初蛙《はつかわず》
旅人よ
故郷《ふるさと》へ
旅人よ
故郷へ
かえるべもなき野のうえに
月出でて
ものの香や
けりけりと
またけりけりと
ああ初蛙
遠蛙
春という
春という

誰がいう
けりけりと
けりけりと水のほとりに鳴く蛙

冬のもてこし

冬のもてこし
春だから
この若艸《わかくさ》に
坐《すわ》りましょう

海のもてこし
砂だから
砂にはおどる

松林

無限の時が
来て泊《は》てる
岬のかげの
入江です

風のもてこし
帆が二つ
帆綱ゆるめて
はたと落つ

それらのものの
一つです
さらばわれらの
語らいも

閒人断章

パイプ

宇宙は誰のパイプだろう
去年の春は灰となり
今年の春に火がともる
宇宙は誰のパイプだろう

くさの実の

くさの実のかろきわた毛の
ふく風に高く飛びゆく
庭に出て陶《とん》に坐《すわ》りて
われもまた遠きを思う

故をもて

故《ゆえ》をもて旅に老い
故をもて家もなし
故をもて歌はあり
歌ふりて悔《くい》もなし

花のたね

たまのうてなをきずくとも
きょうのうれいをなにとせん
はかなけれどもくれないの
はなをたのみてまくたねや

秋風裡《しゅうふうり》

海にむかいて

海にむかいて白百合《しらゆり》の
為朝百合《ためともゆり》が咲きました
花の薫りと潮の香と
昔の人の消息と
きょう吹く風のときのまに
いずれあとなきものばかり

つねあるものをたのむより
きょうのうれいはあれにけん

されど青きはいよいよに
まさりて青き空と海

世にあるもののうつろうを
うべないあえぬ心かな

雨の鳩

松に来て啼《な》く朝の鳩
——雨の鳩　秋の鳩

久しぶりなる旅に来て
海のほとりで夢を見た

売られていった人の子と
月と　駱駝《らくだ》と　黒ん坊と

夢ならばかくてさめよう
夢ならばなにをなげこう

それは私の魂か
夜の沙漠を帰らない……

だからああして鳩が啼く
青い海から飛んで来て
松に来て啼く朝の鳩

――秋の鳩　雨の鳩

喪服の蝶

ただ一つ喪服の蝶が
松の林をかけぬけて
ひらりと海へ出ていった
颪の傾斜にさからって
つまずきながら　よろけながら
我らが酒に酔うように
まっ赤な雲に酔っ払って
おおかたきっとそうだろう
ずんずん沖へ出ていった
出ていった　遠く　遠く

また高く　喪服の袖が
見えずなる

いずれは消える夢だから
夏のおわりは秋だから
まっ赤な雲は色あせて
さみしい海の上だった
かくて彼女はかえるまい
岬の鼻をうしろ手に
何を目あてというのだろう
ずんずん沖へ出ていった
出ていった
遠く遠く
また高く

おおかたきっとそうだろう
（我らもそれに学びたい）

この風景の外へまで
喪服をすてにいったのだ

水光微茫

駱駝の瘤にまたがって

えたいのしれない駱駝《らくだ》の背中にゆさぶられて
おれは地球のむこうからやってきた旅人だ
病気あがりの三日月が砂丘の上に落ちかかる
そんな天幕《てんと》の間からおれはふらふらやってきた仲間の一人だ
何という目あてもなしに
ふらふらそこらをうろついてきた育ちのわるい身なし児《ご》だ

てなし児だ
合鍵《あいかぎ》つくりをふり出しに
抜取り騙《かた》り掻払《かっぱら》い樽《たる》ころがしまでやってきた
おれの素姓《すじょう》はいってみれば
幕あいなしのいっぽん道　影絵芝居のようだった
もとよりおれはそれだからこんな年まで行先なしの宿なしで
国籍不明の札《ふだ》つきだ
けれどもおれの思想なら
時には朝の雄鶏《おんどり》だ　時に正午の日まわりだ
また笛の音《ね》だ　噴水だ
おれの思想はにぎやかな祭のように華やかで派手で陽気で無鉄砲で
断っておく　哲学はかいもく無学だ
その代り駆引《かけひき》もある　曲もある　種も仕掛けも
覆面も　麻薬も　鑢《やすり》も　匕首《あいくち》も　七つ道具はそろっている
しんばり棒はない方で
いずれカルタの城だから　築くに早く崩れるに早い
月夜の晩の縄梯子《なわばしご》

朝は手錠というわけだ
いずこも楽な棲《す》みかじゃない
東西南北　世界は一つさ
ああいやだ　いやになった
それがまたざまを見ろ　何を望みで吹くことか
からっ風の寒ぞらに無邪気ならっぱを吹きながらおれはどこまでゆくのだろう
駱駝の瘤《こぶ》にまたがって　貧しい毛布にくるまって
こうしてはるばるやってきた遠い地方の国々で
いったいおれは何を見てきたことだろう
ああそのじぶんおれは元気な働き手で
いつもどこかの場末から顔を洗って駆けつけて乗合馬車にとび乗った
工場街じゃ幅ききで　ハンマーだって軽かった
こざっぱりした菜《な》っ葉服《ぱふく》　眉間《みけん》の疵《きず》も刺青《いれずみ》もいっぱし伊達《だて》で通ったものだ
財布は骰《さい》ころ酒場のマノン……
いきな小唄でかよったが
ぞっこんおれは首ったけ惚《ほ》れこむたちの性分だから
魔法使いが灰にする水晶の煙のような　薔薇《ばら》のようなキッスもしたさ

それでも世間は寒かった
何しろそこらの四辻《よつつじ》は不景気風の吹きっさらし
石炭がらのごろごろする酸っぱいいんきな界隈《かいわい》だった
あろうことか抜目《ぬけめ》のない　奴らは奴らではしっこい根曲り竹の臍曲《へそまが》り
そんな下界の天上で
星のとぶ　束《つか》の間《ま》は
無理もない若かった
あとの祭はとにもあれ
間抜けな驢《ろ》馬《ば》が夢を見た
ああいやだ　いやにもなるさ
――それからずっと稼業は落ち目だ
煙突くぐり棟渡《むねわた》り　空巣《あきす》狙《ねら》いも籠抜《かごぬ》けも牛泥棒も腕がなまった
気象がくじけた
こうなると不覚な話だ
思うに無学のせいだろう
今じゃもうここらの国の大臣ほどの能もない
いっさいがっさいこんな始末だ

──さて諸君　まだ早い　この人物を憐れむな
諸君の前でまたしてもこうして捕縄はうたれたが
幕は下りてもあとはある　毎度のへまだ騒ぐまい
喜劇は七幕　七転《ななころ》び　七面鳥にも主体性──きょう日《び》のはやりでこう申す
おれにしたってなんのまだ　料簡《りょうけん》もある　覚えもある
とっくの昔その昔　すてた残りの誇りもある
今晩星のふるじぶん
諸君にだけはいっておこう
やくざな毛布にくるまって
この人物はまたしても
世間の奴らがあてにする顰《しか》めっつらの掟《おきて》づら　鉄の格子の間から
牢屋《ろうや》の窓からふらふらと
あばよさばよさよならよ
駱駝の瘤にまたがって抜け出すくらいの智慧《ちえ》はある
──さて新らしい朝がきて　第七幕の幕があく
さらばまたどこかで会おう……

なつかしい斜面

なつかしい斜面だ
おれはこんな枯草の斜面にひとりで坐《すわ》っているのが好きだ
電車の音を遠くききながら
さみしいいじけた冬の雲でも眺めていよう
ああ遠くおれの運んできたいっさいのもの思い
疲れたやくざなおれの希望なら　そこらの枯草にほうり出してしまえ
こうして疲れた貧しい男が疲れた貧しい心をいたわっているのは
何というあてどのないおだやかな幸福だろう
けれどもおれの病気の心は　それでもまだ知らない世界を考えている
無限に遠く　夢のように遠くどこかへひろがってゆこうとする
意志を感ずる
意志を感ずる
ああその意志を不幸な轅《ながえ》から解き放してやれ　そいつは愚かな驢馬《ろば》なんだよ
病気の愚かな驢馬なんだから向うの方の松の木にでも繫《つな》いでやれ

彼をしてしずかに彼の夢を見しめよ……
そうしてそこらの黄いろく枯れた枯草でも彼の食らうにまかしておけ
遠い斜面の底の方は腐れた都会の水溜りで何だかそこらは薄暗い幾何学図形の堀割が
昼間もぐっすり寝こんでいる
そいつの向うを遠まわりして
電車の音はあとからあとから忙がしい都会の人口を運んでいるが
まっ昼間だって何だってぐっすり寝こんでいる奴がいるものだ

おれにしたってそうかもしれぬ　そうだろう
そんなことならおれにしたってもうとっくの昔に悟っていることだ
このぼろ船はいつになったって港につかぬ
港は遠く見失われて　波は高く　海は広い
機関はやぶれて燃料はつきてしまったのだ
かまわず積荷をほうり投げて
こいつはこうしてここまでどうやらやって来たのだ
焼け野っ原の都会の空をいじけた雲が飛んでいる

愚かな驢馬は向うの方で
それでもあいつの性分だから　耳だけひくひくやっている
すておけ　仕方もないことだ

ちっぽけな象がやって来た

颱風《たいふう》が来て水が出た
日本東京に秋が来て
ちっぽけな象がやって来た
誕生二年六ケ月
百貫でぶだが赤んぼだ

象は可愛い動物だ
赤ん坊ならなおさらだ

貨車の臥藁《ねわら》にねそべって
お薩《さつ》やバナナをたべながら
昼寝をしながらやって来た

ちっぽけな象がやって来た
牙のないのは牝《めす》だから
即《すなわ》ちエレファス・マキシムス*
もちろんそれや象だから
鼻で握手もするだろう

バンコックから神戸まで
八重《やえ》の潮路《しおじ》のつれづれに
無邪気な鼻をゆりながら
なにを夢みて来ただろう
ちっぽけな象がやって来た

ちっぽけな象がやって来た

いただきものというからは
軽いつづらもよけれども
それかあらぬか身にしみる
日本東京秋の風
ちっぽけな象がやって来た

＊　アジア象とて、この種のものには牝に牙がない。去る年泰国《タイ》商賈《しょうこ》某氏上野動物園に贈り来るもの即ちこれなり。因《ちなみ》にいう、そのバンコックを発するや日日新聞紙上に報道あり、その都門に入るや銀座街頭に行進して満都の歓呼を浴ぶ。今の同園の「花子さん」即ちこれなり。

驢馬

耳たてよ
驢馬《ろば》

嘶《いなな》け
驢馬
尾をふれ
驢馬
駆けだせ
驢馬
草をくえ
驢馬
影をみろよ
驢馬
汝

驢馬よ！

こんな陽気に

こんな陽気にジャケツを着て
牡丹《ぼたん》の奥から上機嫌で
百合《ゆり》の底から酔っ払って
ずんぐりむっくり　花粉にまみれて
まるで幸福が重荷のように
ころげ出る蜜蜂

世界一列春だから
なんと君らが誇《ほこ》りかに
光りにむかって飛ぶことだ
空《むな》しい過去の窖《あなぐら》から

心には痛みをもって
恥にまみれてころげ出る
腰折れ蜂の
似我蜂《すがるばち》

ああ幸いに寛大なれ
君ら幸福なる友として
君らの春を彼にもわかて
彼もまた君らの仲間にまぎれこんで
羽ばたいて飛びたつつもりだ
いま花園はかぐわしく
世界一列春だから

橋の袂の――

橋の袂《たもと》のチャルメラは
屋台車の支那蕎麦《しなそば》屋
陶々亭の名もかなし
要するにこれわんたんを
くらわんかいの一ふしは
客がないから吹く笛だ
宵《よい》の九時から吹きそめて
気軽に吹けば音《ね》も軽く
当座はややに花やげる
親爺《おやじ》が茶利《ちやり》で君が代は
千代に八千代と吹きならす
遠いえびすの芦笛《あしぶえ》の
末の末なる末の世の
橋の袂のチャルメラは

夜のくだちに音もさえて
そこらあたりがしずまれば
都に霜《しも》を飛ばせつつ
何を怨《えん》じて吹くならん
夜の三時
人尽きぬ
帰ろうか
帰りなんいざいま一度
いささかやけに吹く笛は
寒く凍りてわれんとす
巷《ちまた》の石を泣かしめん

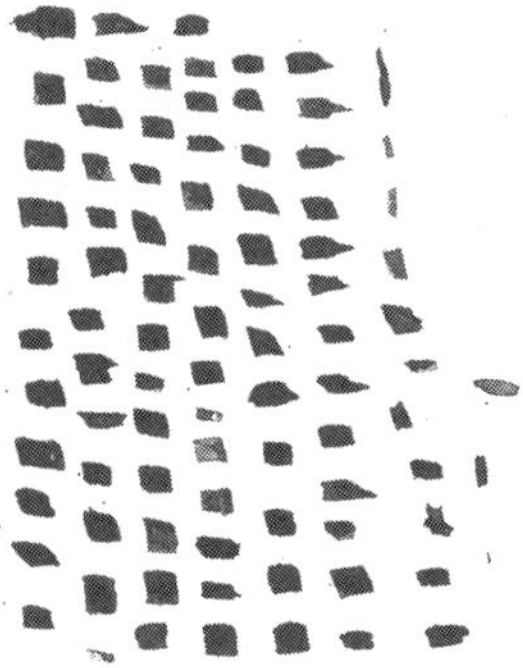

酔歌

空をさまよう星だから
小さい醜い星だから
星にたたえた海だから
海に浮んだ陸だから
陸のこぼれた島だから
島でそだった猿だから
お臀《しり》の鬼斑《あざ》は消しがたい
何しろそういうわけだから
チャリンコパチンコネオン灯
ビンゴの玉はセルロイド

パンパン嬢の赤い靴
ワンマン首相の白い足袋《たび》

芸術院の禿《は》げ頭
競輪ボスの八百長も

国民広場の昼の恋
いささか行儀の悪いのも

フレップトリップストリップ
お臍《へそ》に星を飾るのも

友よ
嘆くをやめよ

何しろそういうわけだから

何しろそういうわけだから
焼け野っ原の東京で
おおかた無理もないのだから

百たびののち

砂上

むしょうにじゃれつく仔羊《こひつじ》どもにとりまかれて
お前のからだのはんぶんもある重たい乳房を含ませながら
うるさげに不精《ぶしょう》げに退屈げにけれども気ながに――
お前はお前で何かを遠くに眺めている牝羊《めひつじ》
よごれてやつれていくらか老人めいて足もともたよりなげに
考えごとがあるでもあるまいそんな風つきでもって分別げに
遠くの方を眺めている牝羊よ
去年の草は枯れたきりまだ新しい緑は萌えない丘の上から
そこからは遠くに灰色の海が見える
風には粉雪が舞っている
冬のおわりを春という……
春というちらちら雪は風にまぎれてあともないこんな陽《ひ》ざしに
灰色の海はしきりに遠くの方で起《た》ちあがろうとする
海は白い歯なみを見せて無限を嚙《か》む　己《おの》れを嚙む　巌《いわお》を嚥《の》みこむ

あすこの断崖《きりぎし》には白い飛沫《しぶき》がうちあがる
牝羊よ
それを見ているのはお前と私だ
何ごとの予感であろう
かしこには何ごとがあるのだろう
ああこのつまらぬ丘の上からお前と私とから遠いかしこには——
お前はまたたき　私は耳をかたむけるが
お前とおなじく私が何を知っていよう
私どもは実は何も知らないのだ
もしかするとこのつつましい幸福は今日かぎりかとも思われる
明日は悪魔の一匹が可愛いお前の腕白《わんぱく》どもをさらってゆくかもしれないのだ
いつもお前ももろともに
ああそのこんな丘の上でうるさくじゃれつく腕白どもをひとしきりお前は額《ひたい》であしらっている
そんな無邪気な力くらべそれすら何だか涙ぐましいくらいのものだ
ああその戯《たわむ》ればかりであるまい　いまこの脆《もろ》げな危かしい砂の上からすべり落ちようとするのは

げにげに一つのやさしい感情は永遠に永遠にいつもこうしてうけつがれるのか
この風景の上に見るお前の大きな重たい乳房は……

故郷の柳

草におかれてうつぶせに
大きな青い吊鐘《つりがね》が
橋のたもとにありました
どういうわけだか知りません

腹のところのうす赤い
僕らは鮠《はや》を釣りました
提《ひさ》げに入れるとすぐに死ぬ
それははかない魚でした

動物園の前でした
動物園では虎がなく
ライオンがなく象もまた
日暮れになるとなきました

古い柳がかたむいて
三本五本ありました
尺とりむしがまたしても
僕らの頸《くび》におちました

白い汽艇《ランチ》でやってくる
お巡《まわ》りさんは頷紐《あごひも》で
舳《へさき》に浪《なみ》をたてました
浪をのこしてゆきました

さっきは三時いまは五時

ねっから魚も釣れません
浮木《うき》がおどってかたむいて
うねりかえしに揉《も》まれます

そろそろあたりが夕焼けて
水のむこうの病院に
灯《ひ》のつくころに蝙蝠《こうもり》が
「行灯《あんど》のかげから」舞ってでる

それらの友はどうしたか
甘い林檎《りんご》の香のような
その日の友もおおかたは
故郷に住まずなりました

灰が降る

灰が降る灰が降る
成層圏から灰が降る
灰が降る灰が降る
世界一列灰が降る

北極熊もペンギンも
椰子《やし》も菫《すみれ》も鶯《うぐいす》も

知らぬが仏でいるうちに
世界一列店《たな》だてだ

一つの胡桃《くるみ》をわけあって
彼らが何をするだろう

死の総計の灰をまく
とんだ花咲爺《はなさかじい》さんだ

蛍いっぴき飛ぶでなく
いっそさっぱりするだろか

学校という学校が
それから休みになるだろう

銀行の窓こじあける
ギャングもいなくなるだろう

それから六千五百年
地球はぐっすり寝るだろう

それから六万五千年
それでも地球は寝てるだろう

小さな胡桃をとりあって
彼らが何をしただろう
お月さまが
囁《ささや》いた
昔々あの星に
悧《り》巧《こう》な猿が住んでいた

残果

友らみな梢《こずえ》を謝《しゃ》して
市《いち》にはこぼれ売られしが

ひとりかしこに残りしを
木《き》守《まも》りという

蒼天《そうてん》のふかきにありて
紅《くれない》の色冴えわたり

肱《ひじ》張りて枯れし柿の木
痩竜《そうりゅう》に睛《ひとみ》を点ず

木守りは
木を守るなり

鴉《からす》のとりも鵯《ひよ》どりも
尊みてついばまずけり

みぞれ待ち雪のふる待ち

かくてほろぶる日をまつか
知らずただしは
寒風に今日を誇るか

こんこんこな雪ふる朝に

こんこんこな雪ふる朝に
梅が一りんさきました
また水仙もさきました
海にむかってさきました
海はどんどと冬のこえ
空より青い沖のいろ
沖にうかんだはなれ島

島では梅がさきました
また水仙もさきました
赤いつばきもさきました
三つの花は三つのいろ
三つの顔でさきました
一つ小島にさきました
一つ畑にさきました
れんれんれんげはまだおきぬ
たんたんたんぽぽねむってる
島いちばんにさきました
ひよどり小鳥のよぶこえに
こんこんこな雪ふる朝に
島いちばんにさきました

天上大風

天上大風　かぐろい風はふき起り
はるかな空に雪はふる　雪はふる
遠い親らの越えてこし　尾根に峠に
焼き畑に　戦《いく》さの跡に雪はふる　雪はふる
ふる雪は　遠い親らの墓の上に
一丈五尺ふりつもる　夜《よ》のくだち　二更三更
厩《うまや》の馬は鼻を鳴らす　床を蹴る
……またその静かな朝あけを　私は思う
越《こし》のおき大野の郡《こおり》　温見《ぬくみ》村二十九の屋根
遠い遠い昔は昔　今日はまた
……かく新しい今日の窓から
分教場は二階から
藁《わら》ぐつの子を迎えいれ
スキーの子らを迎えとり
……私の耳にも聞えてくる
ふる国のふるき郡の　いやおきの

いちばん子

青空の新入《しんい》り
はつ夏のいちばん子
小雀四五羽　十四五羽
近所合壁《きんじょがっぺき》あつまって　小さな頭を舂《うすづ》いて拾うパン屑《くず》
やきもち焼くな　慾《よく》ばるな　静かに拾えパン屑を
さすが名うてのさんざめき　それさえもまだ
一人前にだいぶ間のある口まえに
何をいうならん　一つことのみいうならん
せわしなく一つことのみ口走り　選挙違反のまねするな
瘡《かさ》っかきの愚れんたい　泥棒猫が二匹いる

せっかく青い青空だ
短い命とらるるな
やきもち焼くな　慾ばるな　静かに習え砂あびを
静かに拾えパン屑を

七月は鉄砲百合

七月は鉄砲百合《てっぽうゆり》
烏揚羽《からすあげは》がゆらりと来て
遠い昔を思わせる

七月はまた立葵《たちあおい》　色とりどりの
また葡萄棚《ぶどうだな》　蔭《かげ》も明るい
彼方《かなた》の丘の松林　松の香りに蟬の鳴く

こんな明るい空のもと
昔のひとはどこへいったか
忘れたふりはしているが

風だから声はやまぬか
来ただけはどこやらへゆく
その道の上　七月のまっ昼ま

まてしばし
烏揚羽がゆらりと来て
艶《えん》な喪《も》服《ふく》をひるがえす

見る

ひょろひょろ松に暮れかかる靄《もや》の上
町の上　丘の上　草の上
昨日もここにやってきた路《みち》の上
暮色はいよいよ濃《こま》やかに　それでもずっと向うの方は息づくように透明な
雲一つない　何もないひろい景色を見る
海を見る
そこには何もないのを　見る

庭すずめ七

例年の例のとおりに
冬に入るとまた雀らが帰ってくる
柿の木の高いところに　しばらく見失っていた数だけ集っている
柿の木は裸で　彼らはすっきり格幅《かっぷく》がよくなって見える
艶《つや》やかに磨きがかかって　落ちつき払って見える
あのおしゃべり屋が　だまっている
冬の日は暖かに　この貧しい庭にもふりそそいでいる
この家の主《ある》じはいささかの食餌《しょくじ》を　彼らのために毎日忘れないしきたりであるが
今年もまたその季節の間二《ふ》た月ばかり　彼らはここを留守にした
そうして忘れず帰ってきた
いずれは武蔵野いちめんの田圃《たんぼ》をかけまわってきたのであろう
えいえいわいわい八方から集った仲間と大騒ぎで
二百羽三百羽と群れをなして朝っぱらから
そこらのとり収《い》れどきを荒しまわってきたのに違いない

お百姓さんには憎まれっ放し　迷惑のかけっ放しで
好き放題な食い逃げのあと　風をくらって舞いもどってきたものだろう
あのおしゃべり屋が　だまっている
それでもその数はきちんともとの一組である
まあよく無事にもどってきたものさ

群盗のはてのちりぢり柿の木に
ふところ手《で》する庭すずめ七

「百たびののち」以後

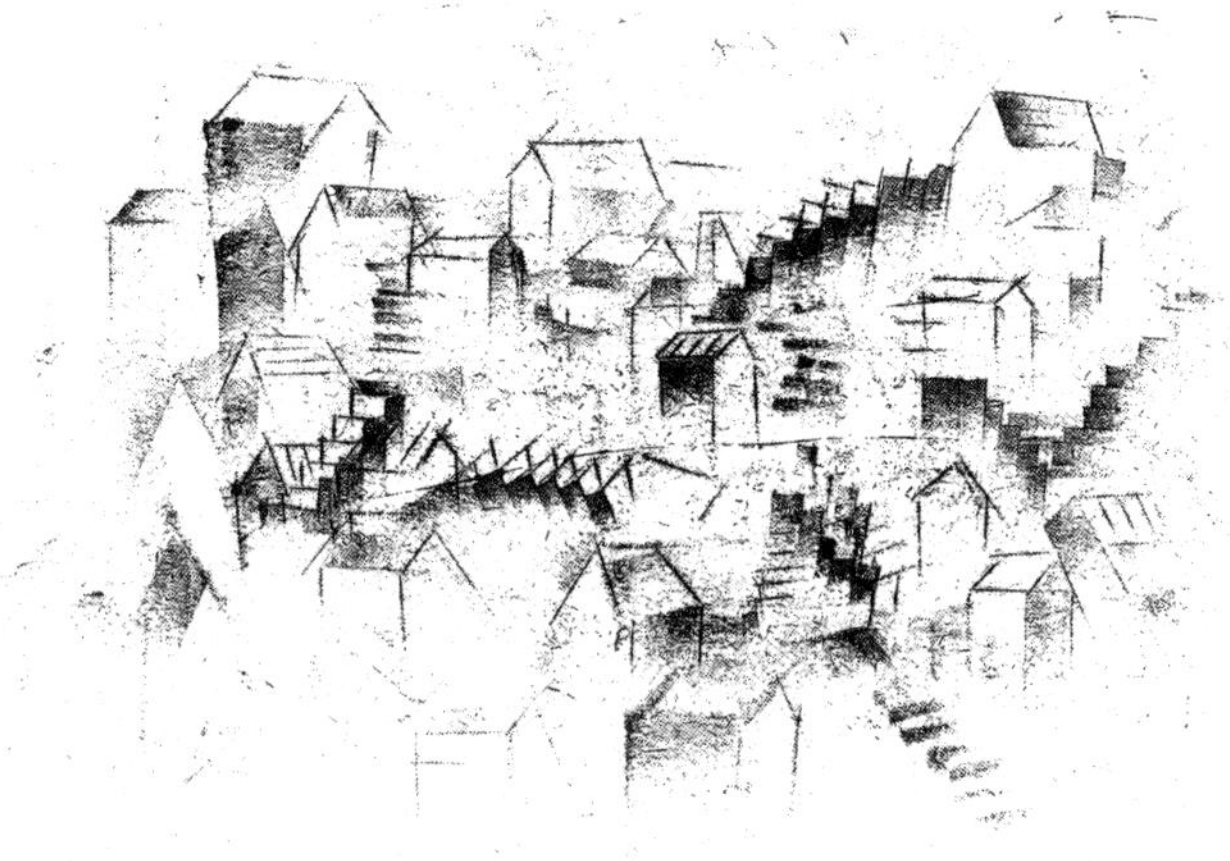

草いきれ

どんどんと行け　まっすぐに　ただどんどんと
どこまでも　この草いきれの中を行け
草いきれの中に路《みち》はもつれ　路はやがて消えかかる
さればこそ岬の鼻だろう　陽炎《かげろう》だってもえきって
火の子のような草の実が散らかっている
路芝を　ただまっすぐに踏んで行け
まっすぐに　どこまでも
流れるように　海鳥のまた一群れが掠《かす》め去る
まっ昼まだから影はない　凪はない　もの音はない

ひょろひょろ松の　松の香に　いっそくとびのことを思う
私は身軽な一人旅だ
めったためった　この路をまっすぐ登って行きなさい
筒袖《つつそで》のかいなを上げて婆さんは　むこうの空をさしながらそう教えた

信濃路《しなのじ》の山路の旅も　またこの花の
鬼あざみの路ばたに咲く炎天だった
高低参差《こうていしんし》　それら眩《まぶ》しい星の上に
しんしんと遠い静けさが聞えるようだ
山を越え　山を下り　また山を越え
私は遠い国々を歩いてきました
はいお婆さん　あなたの言葉の通り　めったやめった

さればなお　この草いきれの中を行け
ずんずん　まっすぐ　どこまでも
海鳥の消え入る波に
そのとっ鼻《ぱな》の灯台に人は住まない　海角に路はもつれて消え入るまで

寂光土

風の波　風の色　風の足音
その一陣　一陣

…………

羊の群れを逐《お》うてゆく　それも旅人
逐う人も　背《うし》ろの風に逐われてゆく

…………

穢《え》土寂光《どじゃっこう》は　冬の日に
風の来て掃《は》いて清めた庭だろう
ゆっくりとした歩《あし》どりで
影のない羊の群れを逐うてゆく
今日の日の私は移住者
草みな枯れた日の庭の　遊牧《ゆうぼく》の民《たみ》の一人だ

…………

戦《いく》さに敗《ま》けた遠い日の　激しい怒りと悲しみと

ふと心に泛《うか》び　空飛ぶ雲の飛ぶままにそれを見おくり
私の上を掠《かす》め去る姿さみしい鵯《ひよ》どりか
心はまたきりりと向きをかえ　彼方《かなた》なる木立に沈む
…………
路《みち》にうつむく石ぼとけ
行路《こうろ》の人の名を知らぬ無縁《むえん》ぼとけの供養塔《くようとう》
見るものにいずれも彩《あや》はないけれども

ただ華やかに
冬の日はいま暖かに肩にそそぎ
リュックは快い汗となる
穢土寂光は　げにもこそ　この枯草原をいうだろう
私の過去のいっさいも
いまこの孤独な杖《つえ》に　杖の先にたしかめながら踏んでゆく
ゆるやかな土壌の起き伏し
ただ茫々《ぼうぼう》と枯生《かれふ》つづきの乏しい眺めに異《ことな》るまい

林に沈んだ鶫どりは　またその梢《こずえ》に泛《うか》び出て
きりりと鋭く向きをかえ　叫びかつ叫びて去るを………

水の上

黒くすすけた蘆《あし》の穂に
冬の水が光っている
冬の川が流れている
霞《かすみ》のおくに煤《すす》けて落ちる夕陽にむかって
川蒸汽が遠く帰ってゆく
昨日の曳船を解き放って
ひとりぽっちの川蒸汽が帰ってゆく
身軽になった　船脚で
——古い記憶だ

噫《ああ》かのなつかしい人格
地上の友　地下の友　輝かしい歌の数々
しなやかな指　匂いかな頬　袖たもと
とっくの昔に行方《ゆきがた》知れずの遠きもの
遠きもの更に遠くここを去る日の　水の上
取舵《とりかじ》引いて　右へそれてさ
あの古靴のような川蒸汽も見えなくなった　水の上

杖《つえ》を上げて　風を切れ
甘く　悲しく　重々しく
ついにこの　軽やかな
別離の心で　風を切れ

エッセイ・年譜

エッセイ

純真な詩人

やなせたかし

ぼくはその時、十八歳だった。東京でデザイン科の学生だった。夏休みに故郷の高知へ帰った。二歳年下の弟は、ぼくとちがって秀才であった。飛び級で旧制高知高校に入学していた。弟の部屋に入ってみると、机の上に一冊の詩集が置いてあった。弟はその時部屋にいなかったが、弟は詩集なんか読むタイプではないと思っていたので、「へぇ。あいつも詩集買って読んだりするようになったのか」そう思ってぼくはその詩集を開いたのである。それが三好達治の『測量船』であった。

ぼくは三好達治をそれまで読んでいなかったが、最初のページにあった短歌にいきなりショックを受けてしまった。

春の岬旅のおわりの鷗《かもめ》どり
浮きつつ遠くなりにけるかも

なによりも、春の岬というのがいい。これは冬でも秋でも夏でもダメである。この美しく抒情的な短歌は生涯忘れられない歌となって、九十三歳の現在まで消えずに心に残った。白い花びらのように波に揺られながらインディゴブルーの海を遠ざかっていく可憐《かれん》な海鳥たちは、ぼくの心のスクリーンの中にくっきりと見えた。そして、その後に続く詩も美しく抒情的だった。

ぼくは偶然朝日新聞の「天声人語」を読んでいて、その中に三好達治の詩が引用されているのを読んだ。次の如くである。

蟬は鳴く　神さまが竜頭《ねじ》をお捲《ま》きになっただけ
蟬は忙しいのだ　夏が行ってしまわないうちに　ぜんまいがすっかりほどけるように

なるほどね、とぼくは思った。昔の動くオモチャは、ゼンマイをキリキリと捲きあげて、そのほどける勢いで動くものが多かった。ゼンマイがほどける時、ジャーッという音がする。

蟬の声にたとえたのは、詩人の感性である。夏の蟬は声を限りにジャーッと鳴くが、ゼンマイが切れたように死んでしまう。現在の動くオモチャは電池で動くものが多いから、この詩は今ではあまり実感が無いと思う。

しかし、ぼくが唸《うな》ったのはその表現ではない。神さまがネジをお捲きになっただけというのは童話みたいである。日本を代表する詩人・三好達治はまるで子供みたいに純真なところがあるのに、ぼくは驚いて笑ってしまった。もうひとつ例をあげておく。「鶺鴒《せきれい》」という詩がある。

黄葉《もみじ》して　日に日に山が明るくなる
谿川《たにがわ》は　それだけ緑《みど》りを押し流す
白いひと組　黄色いひと組　鶺鴒が私に告げる
「この川の石がみんなまるいのは　私の尻尾《しっぽ》で敲《たた》いたからよ」

——『南窗集』「節物　四章」より

一番ラストの一行がすごい。これも童謡みたいである。実に純真だ。これにはびっくりしてしまう。『測量船』の中の「祖母」、『閒花集《かんか》』の中の「チューリップ」「揚げ雲雀《ひばり》」「訪問者」等の作品も実に童話的で純真である。ぼくは読んでいてほとんど茫然としてしまった。

「乳母車」は実に美しい抒情詩だが、この詩の中にある、

母よ　私の乳母車を押せ
泣きぬれる夕陽にむかって

という詩句は、乾いた言葉で書く現代詩の作者には否定されるような気がする。「泣きぬれる夕陽」という言葉が感傷的でありすぎるのではないか。

三好達治について書く場合、ぼくがゴタゴタ書くよりも、萩原葉子さんの『天上の花』をお読みになった方がはるかにいい。三好達治のほとんど全てが手に取るように分かる傑作である（講談社文芸文庫所収）。ぜひ読んでほしい。

ここでほんの一部を紹介しておく。葉子さんは詩人・萩原朔太郎の娘だが、幼い時大変な人見知りで、お客さんが大嫌いで戸棚の中に隠れたりしていたらしいのだが、多くの訪問者の中でただ一人、三好達治だけにはすっかり慣れてしまうのである。外見的には無骨であった三好達治にだけ、なぜ親しんでしまったのか。原因はいろいろあるにしても、子供の本能として、三好達治の中にあった純粋な童心に心がひらいてしまったのではないかと思う。こういう一節がある。

紺ガスリの和服に袴《はかま》をつけ、鬢《ひだ》はきちんと折目正しく畳まれ、和服の衿元《えりもと》はきっちりと打ち合わせてあった。

「先生おられますか？」と、とっ拍子もなく高い声で言い、父が二階から降りて来る姿を見ると、はっとしたように姿勢を正して、衿元を掻《か》き合わせるのである。

姿勢良く、がっちりと骨太の体格で、言葉は大阪訛《なま》りがあって、何かにつけて〝ハイ〟〝ハイ〟と、兵隊のように受け答える人だった。

外見の粗野で固く、オクタープ高い声の調子に似ず、目には何故か泣き顔のような優しさがあって、私はその目を信頼したのかも知れなかった。心もち下った目尻の上瞼《うわまぶた》にホクロがあって、そのホクロは子供心に安心感を抱けると思った。

この短い文章でも三好達治の人となりは分かって頂けると思う。だらしない行動の多い詩人の中で、姿勢も良く服装もきちんとしていて礼儀正しい。ガッチリと骨太の体格、大阪訛りで「ハイ」「ハイ」と返事をする。というのは、三好達治は大阪生まれで、幼年学校から陸軍士官学校に進み、家業を手伝うため中退している。家業を挽回することはできず、東大の仏文科に再入学する。大森馬込《まごめ》にあった萩原家に出入りしていたのは、東大仏文科の学生時代であった。多感な少年時代に幼年学校・士官学校というような特殊な軍隊教育を受けると、無菌状態の中で育てられたような凛々《りり》しい人格が出来上がる。

ぼくは軍隊生活の経験があるから、そのことがよく分かっている。しかし、無菌状態で育てられた若者はやがて俗世間に出ると、抵抗力が無くたちまち堕落していくタイプとまずまず普通の常識人になっていくタイプ、ごく稀《まれ》に純真な魂がそのまま残る人がいる。三好達治はその稀な一人であったと思う。だから「鵜鴒」のような詩が書けたのだ。

葉子さんが小学校二年生の頃、雨が降ると家人に頼まれて、三好達治が水色の雨合羽を小学校まで届けた。雨合羽を葉子さんに渡す時、三好達治の顔は真っ赤になったと葉子さんは書いている。ぼくも相当なはにかみ屋さんであったが、小学校の二年生の女の子に会って真っ赤になったりはしなかった。

朔太郎には、アイという妹がいた。『天上の花』のなかでは慶子という名前で登場して来る。美しい人であった。

しかし、朔太郎が「アイは母の悪い所ばかり似てしまった」と嘆いたように、とてもその頃の質素な日本の家庭におさまるような性格ではなかった。その時すでに二回離婚していた。三好達治は結婚を申し込んだが、定職も無い貧乏書生に娘はやれないと拒絶された。その後アイは佐藤惣之助《そうのすけ》と結婚する。佐藤惣之助は妙に難解な純粋詩も書いていたが、一方で歌謡曲も書いていた。

「赤城の子守唄」が大ヒットして、たちまち大流行作詞家になった。今、佐藤惣之助の純粋詩を覚えている人はいないと思うが、その歌謡曲は現在でも生き残り、森進一その他の歌手が歌っているので皆さんもご存知と思う。

金回りがいいので贅沢《ぜいたく》のし放題。家事は一切せず、着物道楽に身をやつしていた。しかし、姑《しゅうとめ》との折合はもちろん悪かった。佐藤惣之助が急逝して、アイは萩原家に帰ってくる。

いろいろあって、その頃福井県三国に住んでいた三好達治と結婚することになる。三好達治としては、初めて天上の花のように思っていた人と一緒になれたのだが、純真な詩人の三好達治と、虚飾と我儘《わがまま》と贅沢しか知らない器量自慢の女神が一緒に暮らせるわけがない。三好達治は暴力をふるってアイを殴ってしまう。しかし詩人は、そのためにかえって自分が深く傷ついてしまうのである。こうして二人の短い結婚生活は終わる。

人生には光と影がある。その光と影の中で詩が生まれる。薄幸のうちに夭折していく詩人の多い中でとにかく六十三歳まで生き、日本芸術院賞や読売文学賞を受賞し、ファーブルの『昆虫記』やボードレールの翻訳も残した。三好達治は幸福な人であったと言える。

（漫画家、絵本作家）

年譜

三好達治　略年譜

一九〇〇（明治三十三）年
八月二十三日、大阪市西区西横堀町（戸籍では東区南久宝寺町一丁目）に、父政吉、母タツの長男として生まれる。家業は印刷業。十人きょうだいのうち、五人は病気で夭折した。

一九〇六（明治三十九）年●六歳
京都府舞鶴町に一時養子に出されるが、ほどなく兵庫県有馬郡三田町の祖父母の家に引き取られる。

一九〇七（明治四十）年●七歳
四月、三田町の尋常小学校に入学。

一九〇八（明治四十一）年●八歳
神経衰弱となり、死の恐怖と孤独感に苦しめられ、長く休学する。

一九一一（明治四十四）年●十一歳
大阪の実家に戻り、靭尋常小学校五年に転入。このころから文学に親しみ、図書館に通って高山樗牛、徳冨蘆花、夏目漱石らの作品を愛読。竹久夢二などの口絵収集にも熱中した。

一九一三（大正二）年●十三歳
三月、靭尋常小学校を卒業。家業を手伝いながら、図書館通いを続けた。

一九一四（大正三）年●十四歳
四月、大阪府立市岡中学校（現・市岡高等学

校）に入学。近所に住む先輩の影響で俳句を作り始める。俳誌「ホトトギス」を購読。

一九一五（大正四）年●十五歳
九月、家計を助けるため市岡中学校を二年で中退、官費の大阪陸軍地方幼年学校に入学。

一九一八（大正七）年●十八歳
七月、大阪陸軍地方幼年学校を卒業し、東京陸軍中央幼年学校本科に進学。

一九一九（大正八）年●十九歳
幼年学校本科の一年半の課程を終え、北朝鮮会寧の工兵第十九大隊に士官候補生として赴任。剣道、銃剣道を得意とし、フランス語を熱心に学んだ。

一九二〇（大正九）年●二十歳
陸軍士官学校に入学。『資本論』や『聖書』を隠れ読む。句作を続け、このころには、書きためた俳句がゆうに千句を超えていた。

一九二一（大正十）年●二十一歳
陸軍士官学校を中退。帰郷して弟基清とともに家業の再建を図るも、父政吉と衝突。家を出て、一時、神戸の叔母のもとに身を寄せる。結局、家業の再建はならず、父が出奔、家は破産した。このころ、与謝野晶子、若山牧水、北原白秋、石川啄木らの歌集を読みふける。

一九二二（大正十一）年●二十二歳
四月、叔母の家から学資の援助を得て、京都の第三高等学校（現・京都大学）文科丙類に入学。同級生に丸山薫、桑原武夫、上級生に梶井基次郎、外村繁、河盛好蔵、吉川幸次郎、下級生に武田麟太郎らがいた。ニーチェ、ショーペンハウエル、ツルゲーネフを耽読する。

一九二三（大正十二）年●二十三歳
萩原朔太郎の詩集『月に吠える』に魅了され、

さらに『青猫』『蝶を夢む』を読んで心酔する。室生犀星の詩集、堀口大學の訳詩集など、新旧詩集を読みあさる。

一九二五（大正十四）年●二十五歳

四月、東京帝国大学文学部仏文科に入学。雑司ヶ谷に下宿する。同級に小林秀雄、中島健蔵、今日出海、淀野隆三らがいた。また、同期国文科の堀辰雄とも親交を持つ。この年、梶井基次郎、外村繁ら学生によって、同人誌『青空』が創刊された。

一九二六（大正十五・昭和元）年●二十六歳

四月、同人誌『青空』の同人となる。六月、同誌に「乳母車」など五篇の詩を発表。百田宗治らの激賞を受ける。十月、百田宗治が創刊した詩誌『椎の木』に丸山薫とともに参加、伊東整、春山行夫らを知る。同月、麻布飯倉片町に居を移す。梶井基次郎と同じ下宿に入り、『青空』の編集発行にあたる。十二月末、喀血を繰り返す梶井を伊豆湯ヶ島に転地療養させる。

一九二七（昭和二）年●二十七歳

三月、湯ヶ島に梶井基次郎を見舞い、当地に滞在中だった川端康成を知る。六月、『青空』廃刊。同月、北川冬彦、安西冬衛らの詩誌『亜』に参加。七月、再び湯ヶ島に梶井を見舞い、十月まで滞在。その間に、萩原朔太郎、宇野千代らと知り合う。帰京後、朔太郎の勧めで大森新井宿に転居。以後、近所に住む朔太郎と往来して知遇を得る。朔太郎の妹アイに会う。

一九二八（昭和三）年●二十八歳

三月、東大文学部仏文科を卒業。アイとの結婚を考え、書肆アルス社に就職するも、同社経営不振のため、ほどなく退職。結婚も断念し、文筆生活に入る。以後、生活の糧を得るため翻訳に専念。十二月、ボードレールの散

1927年、伊豆湯ヶ島温泉にて
右端が三好達治、その横宇野千代

文詩集『巴里の憂鬱』を訳了（翌年出版）。

一九三〇（昭和五）年●三十歳

四月、大阪市の実家に滞在し、ファーブル『昆虫記』の翻訳に取り組む。七月、上京。四月に創刊された『作品』の同人となり、井伏鱒二、河上徹太郎、大岡昇平らと親交を結ぶ。九月から十月にかけて信州白骨温泉に滞在し、『昆虫記』の翻訳担当分二千枚を訳了（のちにアルス版および叢文閣版に収録され逐次刊行された）。十二月、第一詩集『測量船』を刊行。

一九三一（昭和六）年●三十一歳

梶井基次郎の第一創作集『檸檬』を淀野隆三とともに編纂し、五月に刊行。梶井の生前に出版された唯一の創作集となる。

第一詩集『測量船』

一九三二（昭和七）年●三十二歳
三月、喀血。胸部疾患に心臓神経症を併発し、東京女子医専（現・東京女子医大）附属病院に入院。入院中の三月二十四日、梶井基次郎死去。追悼詩「友を喪ふ」四章を『文藝春秋』五月号に発表。六月、退院。八月、詩集『南窗集』を刊行。

一九三三（昭和八）年●三十三歳
七月、志賀高原発哺温泉へ転地療養に向かう。途中、軽井沢に堀辰雄、室生犀星を訪ねる。以後、発哺温泉および上林温泉に二年余り滞在。十二月、婚礼のため一時上京。

一九三四（昭和九）年●三十四歳
一月、佐藤春夫の姪にあたる佐藤智恵子と結婚。上林温泉に戻る。六月、処女歌集『日まはり』、七月、詩集『閒花集』を刊行。十月、堀辰雄、丸山薫とともに詩誌『四季』を創刊。立原道造を同人に迎える。十月、父政吉死去。十二月、長男達夫が生まれ、和歌山県下里町の妻の実家に滞在。

一九三五（昭和十）年●三十五歳
三月、単身上林温泉に戻る。八月、ボードレール詩集『悪の華』の一部翻訳を三百部限定出版。十一月、詩集『山果集』を刊行。

一九三六（昭和十一）年●三十六歳
五月、東京小石川に居を構える。十一月、ジャム詩集『夜の歌』を翻訳刊行。

一九三七（昭和十二）年●三十七歳
六月、長女松子が生まれる。七月、盧溝橋事件を発端に日中戦争が勃発。八月、堀辰雄、立原道造らと軽井沢に滞在、「四季の会」を催す。十月、『改造』『文芸』両誌の文芸特派員として上海に渡り、約一カ月滞在、従軍記を執筆。

一九三八（昭和十三）年●三十八歳
四月、鎌倉に転居。八月、随筆集『夜沈々』を刊行。九月、中原中也賞の選考委員をつとめる。十一月、宇野千代とともに文芸誌『文体』を創刊。

一九三九（昭和十四）年●三十九歳
二月、小田原に転居。三月、立原道造死去。四月、合本詩集『春の岬』、七月、詩集『艸千里』を刊行。十一月、梶井基次郎創作集『城のある町にて』を編纂、刊行。

一九四〇（昭和十五）年●四十歳
三月、詩歌懇話会賞受賞。九月より二カ月にわたって朝鮮各地を旅行。

一九四一（昭和十六）年●四十一歳
四月、随筆集『風蕭々』を刊行。七月、早川決壊の水害に遭う。九月より、萩原朔太郎の後任として明治大学文芸科の講座を担当。十月、詩集『一点鐘』を刊行。十二月、太平洋戦争勃発。

一九四二（昭和十七）年●四十二歳
五月、萩原朔太郎死去。六月、自選詩集『覊旅十歳』を刊行。七月、『文學界』萩原朔太郎追悼号に「師よ　萩原朔太郎」を発表。同月、詩集『捷報いたる』を刊行（戦争詩を収録。のち版を絶って再録せず）。九月、詩論集『諷詠十二月』を刊行。

一九四三（昭和十八）年●四十三歳
四月、随筆集『屋上の鶏』、六月、自選詩集『朝菜集』を刊行。十二月、愛国詩集『寒柝』を刊行（のち絶版。一部を除き再録せず）。妻子と離別。

一九四四（昭和十九）年●四十四歳
三月、福井県坂井郡雄島村（現・坂井市三国

町）に単身で移り住む。五月、妻智恵子と正式に離婚し、萩原アイと結婚。六月、詩集『花筐』を刊行。七月、『四季』八十一号をもって終刊。十二月、私家本詩集『春の旅人』、肉筆特製詩集『春愁三章』を作成（ともに翌年刊行）。

一九四五（昭和二十）年●四十五歳

二月、萩原アイと離別。六月、詩集『干戈永言』を刊行（のち絶版。一部を除き再録せず）。七月、小田原の旧居に戻り、八月に終戦を迎える。十月、雄島村の旧居に戻る。

一九四六（昭和二十一）年●四十六歳

『新潮』一月号より四回にわたって「なつかしい日本」を連載。天皇の道義的責任に触れ、さまざまな波紋を呼ぶ。四月、詩集『故郷の花』、七月、詩集『砂の砦』を刊行。

一九四七（昭和二十二）年●四十七歳

五月および十月、詩集『日光月光集』上巻・下巻をそれぞれ刊行。十二月、随筆集『燈火言』を刊行。

一九四八（昭和二十三）年●四十八歳

六月、福井地方を襲った大地震に罹災。これにより計画していた京都への移住を断念。

一九四九（昭和二十四）年●四十九歳

二月、上京。世田谷区代田に居住。四月、岩手県花巻に高村光太郎を訪ねる。

一九五〇（昭和二十五）年●五十歳

三月、合本詩集『朝の旅人』を刊行。九月、日夏耿之介、中野重治らと共同編纂した河出書房版『日本現代詩大系』全十巻の刊行が始まる（翌年、毎日出版文化賞受賞）。

一九五一（昭和二十六）年●五十一歳

三月、伊藤信吉とともに編纂した創元社版

『萩原朔太郎全集』全八巻の刊行が始まる。五月、「萩原朔太郎を偲ぶ会」(逝去十周忌)で、中野重治、河上徹太郎とともに講演を行う。九月、信濃追分に療養中の堀辰雄を見舞う。

一九五二(昭和二十七)年●五十二歳

三月、詩集『駱駝の瘤にまたがつて』、五月、随筆評論集『卓上の花』、六月、詩論集『詩を読む人のために』を刊行。八月、吉川幸次郎との共著で岩波新書『新唐詩選』を刊行。

一九五三(昭和二十八)年●五十三歳

二月、『駱駝の瘤にまたがつて』ほか全詩業により芸術院賞受賞が内定(五月に受賞)。三月、自選詩集『午後の夢』を刊行。五月、堀辰雄死去。八月、石川淳、大岡昇平、生島遼一、桑原武夫と志賀高原で過ごす。西脇順三郎らと『現代日本詩人全集』全十六巻を共同編集し、十一月より刊行。

一九五六(昭和三十一)年●五十六歳

『新潮』一月号より紀行文「月の十日」を連載(七月、九月は休載)。このころ、ほぼ毎月、日本各地を旅行。このため、心臓神経症を再発する。八月、母タツ死去。

一九五八(昭和三十三)年●五十八歳

『婦人公論』一月号より一年間、詩の選を担当。十一月、随筆集『路傍の秋』を刊行。

一九五九(昭和三十四)年●五十九歳

四月、伊藤信吉とともに編纂した新潮社版『萩原朔太郎全集』全五巻の第一巻が刊行される(翌年十二月完了)。

一九六〇(昭和三十五)年●六十歳

七月より、『朝日新聞』のコラム欄「きのうきょう」を執筆、半年間連載する。

一九六一（昭和三十六）年●六十一歳
『新潮』二月号より十二月号まで連載エッセイ「をちこち人」を執筆。

一九六二（昭和三十七）年●六十二歳
三月、石原八束編『定本三好達治全詩集』を刊行（翌年、読売文学賞受賞）。同月、室生犀星死去。十月、長男達夫、結婚。十一月、芸術院会員となる。

一九六三（昭和三十八）年●六十三歳
五月、詩人論『萩原朔太郎』を刊行。八月、随筆評論集『草上記』を刊行。

一九六四（昭和三十九）年
三月、『東京新聞』に「梶井基次郎の三十三回忌を迎えて」、『別冊文藝春秋』に「詩の人・室生犀星」を発表。四月、前年より中野重治、伊藤信吉らと編纂してきた『室生犀星全集』の第一巻が刊行。四月三日、狭心症を発病、四日、田園調布中央病院に入院、心筋梗塞から鬱血性肺炎を併発し、五日朝、死去。八日、青山にて葬儀。墓所は大阪府高槻市本澄寺。没後、紀行集『月の十日』刊行。河上徹太郎、桑原武夫、中野重治、中谷孝雄、淀野隆三、石原八束共編で、十月より『三好達治全集』全十二巻を刊行（一九六六年十一月完了）。

編註

＊本書は、『三好達治全集』全十二巻（筑摩書房・一九六四〜六六）のうち一〜三巻を底本とし抜粋して、旧漢字・旧かな遣いを新漢字・新かな遣いに置きかえて編んだ。また、選定に際しては小林潤子氏の協力を得た。

ハルキ文庫

み9-1

三《み》好《よし》達《たつ》治《じ》詩《し》集《しゅう》

著者　三《み》好《よし》達《たつ》治《じ》

2012年11月18日第一刷発行
2025年 4 月28日第二刷発行

発行者　角川春樹

発行所　株式会社角川春樹事務所
〒102-0074 東京都千代田区九段南2-1-30 イタリア文化会館

電話　03(3263)5247(編集)
03(3263)5881(営業)

印刷・製本　中央精版印刷株式会社

フォーマット・デザイン　芦澤泰偉
表紙イラストレーション　門坂 流

ISBN978-4-7584-3703-5 C0195
http://www.kadokawaharuki.co.jp/[営業]
fanmail@kadokawaharuki.co.jp[編集]　ご意見・ご感想をお寄せください。